主编　凌翔

世间的相遇
都是久别重逢

杨富娥 著

北京日报出版社

图书在版编目（CIP）数据

世间的相遇都是久别重逢 / 杨富娥著. — 北京：
北京日报出版社，2022.1
ISBN 978-7-5477-4196-2

Ⅰ.①世… Ⅱ.①杨… Ⅲ.①长篇小说—中国—当代
Ⅳ.①I247.5

中国版本图书馆CIP数据核字（2021）第256955号

世间的相遇都是久别重逢

出版发行：北京日报出版社

地　　址：北京市东城区东单三条 8-16 号东方广场东配楼四层

邮　　编：100005

电　　话：发行部：（010）65255876

　　　　　总编室：（010）65252135

印　　刷：北京军迪印刷有限责任公司

经　　销：各地新华书店

版　　次：2022 年 1 月第 1 版

　　　　　2022 年 1 月第 1 次印刷

开　　本：710 毫米 × 1000 毫米　1/16

印　　张：17.5

字　　数：230 千字

定　　价：79.80 元

目 录

第一章

深南大道车祸

沿途的风景在急速后退。

我从罗湖的地王大厦沿着深南大道以 100 码的速度开往南山，天边如血的夕阳染红了整个天空。

"肖铭，明天来我办公室一趟。"这会儿，我一直在咀嚼着这几个字，我不知道如此厚重的语气包含了什么意思，我不敢在电话里问。

到底发生了什么？老板要炒我鱿鱼？常在河边走，哪有不湿鞋？

其实，我心里一直很忐忑，都说干我们采购这行捞得油水多，这两年若不是供应商死磨硬塞，凭那么点儿工资，怎么可能买得起我现在开的奥迪 Q7？男人天生喜欢车，我也不例外，哪怕租房住也得先买辆车。

"铭哥，喂……"电话打进来了，是思雅，不知道她算不算我的女朋友，我们之间的关系有点不清不楚，暧昧不明。

我们因工作相识，她是我的供应商，她高中毕业后来到这座城市打拼，干了六七年销售，凭自己的努力当上了区域经理。在一次行业聚会上我们第一次见面，她很聪明，在社会上摸爬滚打这么多年，学会了很多处事之道，也不放过任何一个销售机会，当然，也包括我在内。

世界上最牛的汽车销售员，乔·吉拉德，获得世界吉尼斯纪录，我觉得思雅可以去参赛了。

在她的死缠硬磨下，我同意了她公司的产品进入我们公司名录。要问为什么同意，其实我也没有办法，因为跟她发生了一夜情，送上门的实在难以拒绝。后来才知道，那是她的第一次，事后我很后悔。

"在，你说，什么事儿？"一边开车一边接电话容易分神。我确实也不想与这种以肉体做交易的女人有更多更深的交往，或许你会骂我混蛋，得了便宜还卖乖，但我真的不想把感情当成交易。

"今晚我过生日呢，你有空过来吗？"女人的节日真多！不是生日就是情人节，不是情人节就是520，不是520就是七夕节，结婚以后还有纪念日。

想到这些，我越发觉得累了。

正在此时，一辆快速行驶的改装车突然不打灯变道，我已经来不及刹车了，直接冲了上去，两眼一黑，紧接着，听到后面的车也撞上来，最后一刻，我迷迷糊糊听到思雅在电话里惊叫："铭哥，铭哥，出什么事了？"

我趴在方向盘上，手一摸，头上渗出血，还带着温度，热热的，黏黏糊糊的。我知道，这下完了。

这么年轻就死了？我心有不甘，死不瞑目。

早上我妈还打电话给我，说我爸胃溃疡又犯了，在地上打滚，我估计是穿孔了，叫她赶紧送去医院，钱我晚点儿打过去。不知道这会儿到医院了没有？我本打算打个电话问下，现在已经来不及了。

我努力解开安全带，想开门，但无能为力，最后头靠在车门上，似乎彻底没气了。

我的魂魄很快就飘离了肉体，我打赤脚沿着深南大道走，反方向过来的车主打开车窗，放慢速度一路频频回头，看戏一般看着连环相撞的三辆车。

接着120"西啦西啦西啦……"地火速到场。我想，人都已经"西啦"，去医院也没用了，我静静地看着医生把这几个人全都搬上车。

110"来啦来啦来啦"也过来了。人都"西啦"，110来啦有用吗？最多把我那Q7拖走。

我心疼地看着我那辆Q7车头车尾都撞得稀巴烂，看来不是自己的东西终究要归还给别人。

人一旦要走了，什么也带不走，金钱、地位、权力、女人。

我们赤身裸体地来到这个世界，走的时候，毫无保留地离去，连通话的手机也带不走。今后我该如何和亲人联系？

我安静地沿着大道行走，一路向西，天已经黑了，我闻着海风吹过来，海水咸咸的味道潜入鼻翼，这么多年来，没有时间停留驻足观看路边的风景，等死了才有时间好好欣赏。

"要吗？"路边突然响起一个女人的声音，我吓了一大跳，不是说人怕鬼吗？怎么鬼怕起人来了？我后背一阵发凉，毛骨悚然。

"多少？"我身后又响起一个男人的声音，我回头一看，是个农民工模样的男人，原来不是跟我说话，我松了一口气。

城市的建设离不开这群农民工啊，没有他们在绿皮网下面的汗水凝聚，怎么可能有灯光璀璨的城市及高耸入云的地王大厦？

"不多，100。"女人说道。

"80。"矮个子农民工身上还散发着水泥浆的味道，怎么不洗澡就过来了呢，我真替他捏把汗。

"成。"女人不多不少，就一个字。他们一前一后朝树林里边走去了。不一会儿，传来一阵阵呻吟声。

一会儿工夫，农民工皮带都还没系好，拍拍身上的尘土，一"咕噜"从树林里溜出来，从裤兜里摸出来一支烟，拿出打火机，"嚓、嚓、嚓……"，打了三四下，也不着火。

夜晚的海滨栈道，人渐渐多了起来，大多数是年轻男女，这里是情侣约会的好去处。

"兄弟，有火吗？"农民工拿着一根烟找人要打火机。

"不好意思，大叔，我不抽烟。"一位年轻小伙子，摆摆手。现在的年轻人大多都不抽烟了，我偶尔抽点儿，但不上瘾，还是大学毕业找工作时学会的，以为会抽烟表示成熟。现在想想，当时的想法真幼稚。

"兄弟，有火吗？"看来农民工是有烟瘾的，非抽上这支烟不可。

"有、有、有……来。"这次找对人了，也是一个农民工模样的中年男人，给他递了火。

之后两个人攀谈起来，相互问家乡在哪里，现在在哪个工地找活，一天能拿多少钱，如此云云。

最后，找火机的农民工为了答谢对方，告诉他这里有 80 一次的，两人相视一看，哈哈大笑起来。

我之前从来不知道这地方还有为基层工作者服务的，原以为只有东莞才有。这哥们儿算是让我长见识了。

我的灵魂一路飘忽，一路欣赏着海滨风景，聆听着两个人男人有些不入耳的交谈。

夜深了，我想我该回家了。回哪里？我茫然不知所措。

回南山出租屋？我一个单身狗，回去又能做什么呢？对了，明天老板不是要我去他办公室，跟我谈话吗？去他的，我人都已经死了，还谈什么！

忽然想起，我爸到底去医院没有，不知道怎么样了？这几年，总是没有时间回家陪陪父母，春节偶尔回去，又匆匆忙忙地走，不知道时间去哪里了，我得回家看看。

我跋山涉水，翻山越岭，打赤脚，带着灵魂，一路飘忽回到老家。中途多次迷路，但凭着坚强的意志终于回到了那个生我养我的大山里。

对于家乡的印象逐渐模糊，从初中开始就读寄宿学校，上了大学，为了减轻父母负担，我暑假也没回来，就在上学的城市打暑假工。"儿童相见不相识，笑问客从何处来。"多年后参加工作回来，经常遇到这么尴尬的事情，着实有些烦恼。

出行半生，归来不再少年，已是灵魂。

门锁紧闭，我通过窗户飘进去，厨房灶台冰凉，已然几天没了烟火。

我寻思着我妈去哪里了，对了，估计我爸住院了。我快马加鞭地又去了县人民医院。果然，我爸住院了，胃肠科，诊断为胃肠道穿孔，我后悔怎么没有去学医，如果学医了，我定能成为一名出色的医生，单凭我妈在电话里描述一番就能判断出是胃肠道穿孔，我应该是有学医天赋的。

此刻，我突然有点儿自我陶醉，扬扬得意。而事实上呢，当然不是天赋，因为我曾有过胃肠道穿孔经历，年纪轻轻就患上胃病，跟我以前吃饭有一顿没一顿是息息相关的。只有经历过苦难的人才懂得胃肠道穿孔是一种怎样的体验。

"对不起，您拨打的电话已关机。"我站在门口，看我妈着急地打电话，一定是打给我，但她还不知道，我已经不在了。

我妈也许正在愁钱，住一次院少说得花七八千，如果要手术那就更高了。这时，我的手机肯定打不通了，因为跟思雅通完最后一秒后手机没有电了。

我看她跟医生指手画脚地说着什么，似乎医生也听不太懂，因为我妈不会说普通话。她出来的时候，我看见她的眼睛红红的，我很心痛，却无能为力。

"小铭电话一直打不通，怎么关机呢，都两天了。"我妈踌躇了一会儿，挪到床边小声地对着我爸讲，似乎又在喃喃自语，她心情有些焦虑。

"可能手机丢了，或者有事忙，先不要着急。"我爸从干涩的嘴唇里吐出几个字，他两天没有吃喝，一直挂着营养液，鼻孔里插了一根胃管，吊在床边。

这时，我姐急匆匆地进来。她初中毕业没再上学，在工厂打了几年工，22岁嫁给了隔壁村王二，没想到他是一个不会赚钱的主儿，天天麻将不离手，村里人家家户户盖了红砖水泥新房，农村政策好，现在盖房每户补贴两万，而我姐家哪怕补贴十万也盖不起房，没辙，为了不让村里人笑话，我妈隔三岔五和我絮絮叨叨，我后来借了十万给我姐盖房，也没打算她能还我。

此刻，主治医生也进来了，告诉我爸准备下午手术，费用预计一万左右，手术无论如何还是要做的，我爸妈都签字了。

然而，我妈却一直惴惴不安，似乎有种预感，我出事了。她又不停地拨打我的电话。

"对不起，您拨打的电话已关机。"自始至终，她听到的就是这一句话。她悻悻地走出医院大门，从口袋里摸出一本泛黄的农村信用社存折。

我曾经一度叫我妈把存折换了，改成银行卡，ATM机银联卡到处可以取钱，她不肯，一来说自己没什么存款，二来不放心，觉得机器出来的钱不真实，她也不会弄。

原来我妈是有小金库的。我记得小时候经常翻她的衣柜，总是有收获，无论她怎么更换存放地方，我总能找到。有一次，挨了一顿毒打，把我衣服扒个精光，拿个荆条用力抽，痛得我直骂娘。事后，她一边哭，一边拿着山茶油涂抹我差点要炸裂的红屁股。

她穿过马路，走到对面小巷，一路找人问哪里可以取钱，一个农村妇女，真是见识太少，逢人就问哪里能取钱。

我妈把存折里所有的积蓄——3000元都取了。折叠好，放进塑料袋，包了一层又一层，卷起，放进裤兜，末了，还用手拍打两下裤兜。

她穿过马路，买了一个烧饼当午餐，蹲在路边喝着一瓶矿泉水狼吞虎咽地吃起来。

"大姐，你的钱掉了。"我妈一惊，摸了一下裤兜，回头一看，突然一个男人从她身后走上来，她果然看到一沓钱散落在地上。

那男人看我妈不动，于是又说："大姐，我刚看到你的钱掉了。"说罢，他把钱捡起塞到我妈手里。

我妈真以为钱掉了，或者她觉得此刻正缺一笔钱给我爸治病，上天有眼。她忐忑又犹豫地拿着钱往口袋里塞，便着急赶回医院，还不忘说谢谢，心想着天底下有这么好的人。

这时，一妇女跑过来，拉着我妈的手，着急地说："大姐，刚刚那个是我的钱，我的钱掉了。"她一把鼻涕一把眼泪，有模有样儿，眼睛红红的。

我妈一听，赶紧把所有钱拿出来，那人一看，问："大姐，你一共多少钱？我来数。"我妈说眼神不好，就给她数了。

那陌生女人飞快地数着钱，手指一刮三张，一刮三张，然后给我妈，说："大姐，你看一共 3000，这是你的，剩下的是我的，我着急救命，我走了，不好意思，我走了……"

一转眼工夫，一男一女都不见了，我妈愣愣地站在那里，似乎觉得不对，于是又掏出来数数，上面一千是真的，下面两千是假币。她蒙了头，才反应过来狸猫换太子了，顿时跪在地上号啕大哭！

我急得额头冒汗，三步并作两步，飞快地穿过马路。

"砰"的一声，一辆大卡车撞过来，我跌入万丈深渊！

第二章

游园惊梦

一道光，从很远很远的地方照进来，刺眼。

我缓缓睁开眸子，整个房间是白色的，床单、被子、墙壁，天花板的白炽灯也发出刺眼的白光，其中一个已经坏了，一闪一闪发出"刺、刺"的声音，除此之外死一般地寂静。

我是谁？我在哪里？天堂？我记得我已经死了，魂魄在老家的县医院路口又被撞了。

我想下床，双腿却动弹不了，一阵拉扯的疼痛。

我到底是死了还是活着？

门"嘎吱"一声打开，一个穿白色长衣的护士走进来，说给我换药。我终于忍不住，侧着头问："天堂也有护士？"

"你说什么呢？你脑子真的撞坏了？医生看了片子说头部没问题啊！"护士嘟着嘴，屁股一扭，转身离去。

"铭哥，你终于醒啦。"思雅推门进来，拎了一袋子东西。

"我没死？这是哪里？"我惊愕地看着思雅。

"这是医院哪，你昏迷一天一夜了。幸好没有生命危险，头部有伤，缝了七针，流了好多血，左腿也有轻微骨折……"她买了些洗漱用品，牙刷、牙杯、毛巾，放到柜子后，絮絮叨叨地告诉我那天车祸以后的事情。

我突然想放声大笑。原来，撞车以后我昏迷了，一直在做梦。梦里是如此真实，我是死过一回的人了，我的生命似乎又获得了重生。

我想赶紧给我妈打个电话，思雅给了我手机，一开机，天哪，十几个未接电话。我心想，这下坏了。

"喂，小铭啊，电话怎么一直关机呢？我和你爸都着急死了。"我妈在那边扯着嗓门说话，生怕我听不见，电话那头，风"呼啦呼啦"地作响。

"哦，手机没电了，落在办公室。"我觉得有时候，善意的谎言是对亲人最好的安慰。我接着又问："爸什么情况了？你们去医院了没有？"我生怕昨日的梦是真的。

"没事啦，就是胃病又犯了，昨天照了胃镜，开了点药，我们这会儿回去了。"我一直觉得我妈是一个不会说谎的人，所以应该没事儿。可是，我没有想到，我妈同样对我说了谎。

我松了一口气，放下电话。对了，老板叫我去他办公室，本以为人都死了，没必要去，看来必须得去，我先打个电话。

"李总……"

"肖铭，到底怎么回事？消失一天了，今天还没见到人。"没等我说完，老板一阵劈头盖脸地数落。

我把发生的一切在电话里告诉了他，老板也是一个好人，我跟了他六年，从一个不起眼的小采购升到总监，确实离不开他对我的信任和栽培。

但是，天地良心，我做的每一件事情都是以公司的利益为出发点。公司今天能上市，离不开每一位员工的辛勤汗水，也包括我。公司在不断壮大，股东也越来越多，我老板成了其中的一个小股。

"那你好好休养，身体是革命的本钱，我安排一下，叫秘书过去看你。"老板语气缓和，还表示对我的关心。

我松了一口气，放下电话，后脑勺有些疼痛，看着思雅坐在床边认真地给我削着苹果。我心头涌起一丝感动，在我最需要的时候，照顾我的竟然是和我发生一夜情的供应商，我始终是这么给她定义的，此刻却觉得很对不起她。

"对了，那天你的生日是怎么过的？"我现在才想起来问她。

一个人最在意的是什么？打完两个电话，我想我最在意的应该是我父母，还有我的饭碗。除此以外，似乎一切都是浮云。

"铭哥，那天我打电话给你，是不是打扰到你，你分了神才发生了车祸？"思雅一脸的亏欠，惴惴不安。

我摇摇头，表示跟电话无关。我的头有些痛，我想睡会儿，她右手挽着我的头慢慢放下。

如此近距离，我闻着她发丝的清香，双眼不自觉地看到她弓着腰，领口下嫩白的乳房如鲜花般娇艳欲滴。这视觉的冲击，荷尔蒙立刻就起了反应，原来我的身体还是好好的。这下我就放心了。

她见我突然羞涩的表情，抿着嘴，笑而不语。我叫她有事就先去忙，不用管我，我自己可以。她却执意留下照顾我，觉得那天出事她有责任。盛情难却。

不知道过了多久，朦胧中听到有人说话，原来是主治医生过来了，后面跟着一大拨人。他看我醒过来，似乎很开心，问我感觉如何。

也许每个医生对待病人都如同自己手中的一块玉，需要温润、打磨，能否打造成一块美玉，那就看医生的妙手仁心了，当然也有回天乏术的时候。

这是我记忆中第二次住院。第一次是大学毕业刚找工作那会儿，突然胃痛，其实也不是突然，就是长期间歇性胃痛，那一次痛得厉害，满地打滚，后面打120送到医院，诊断为胃肠道穿孔，挂了几天盐水，经过保守治疗，慢慢好了，再后来痛过一次，就那一次，和思雅的关系发生了改变。

第一次住院，有一种药是抑制胃液分泌，进口药，一小支，10毫升不到，100块，一天6支，用了6天。出院以后，为这事我问了一个医生朋友，他说，这是医生为了赚钱，故意推荐进口药物。

好吧，被坑了。

"医生，我什么时候能出院？"

"没那么快，伤筋动骨的，至少要十多天。"

"医生，我现在情况怎么样？无大碍吧。"

"目前看片子，脑部没什么大问题，腿伤需要休养，留院观察。"

医生说完，一阵风似的出去了。留下我一个人，思雅不知什么时候离开了，也许在我睡着时，她有事忙去了。隔壁有一个床位是空的，这年头，还有空床位也是奇迹了。

突然，肚子"咕噜咕噜"地叫，我似乎很久没有吃饭了。感觉那是20世纪的事情。我思量着叫个外卖，这时，思雅提着两个盒饭进来了。这么心思细腻又体贴的姑娘怎么就送给我糟蹋了？也许她真的爱上我了，可我却又如此不解风情。

打开饭盒，闻着土豆回锅肉的香味，我口水都出来了，确实太久没吃饭，不到几分钟，我这盒饭已经吃完，思雅却还没动筷子。于是，她又把那盒蒜蓉排骨推到我面前，毫不客气，全部被我吃完了。

天色已晚，我叫思雅回去休息，她连着两天没合眼，眼皮子在打架。我磨蹭着自己下床，单脚一跳一跳去了一趟洗手间，无论多难，我都想自己坚持慢慢走到洗手间，不想一个女人扶着我。

从洗手间出来，看到窗户紧闭，感觉太闷了，于是伸手去推，护士一进来大叫："你干吗？别想不开啊！"后面还跟着一男一女，愣在那里。

"我没想不开啊，就是太闷了，想透透气。"我苦笑着说。

"我明明看到你趴上去了，赶紧过来。"护士一边给隔壁床位铺床，一边严厉地瞪着我。

我猜想，估计是这里发生过跳楼命案，否则也不会那么紧张，我就是开个窗户而已。我单脚一跳一跳，挪到床边。

这一男一女是过来住院的，到底谁住院？我怎么都看不出来谁有问题。有模有样地大包小包整理衣服、洗漱用品，像是小两口去旅行住小旅馆一样。

看穿着打扮并不像都市白领，倒像是小商贩或基层工人，我并不是以貌取人之徒，但这个社会确实就这么分为三六九等。

一个商场品牌专柜，如果是一对农民工模样的夫妇进去，左瞧瞧右瞧瞧，销售员准会斜睨一眼，然后自顾自忙去，心里嘀咕着：这衣服你们买得起吗？

当农民工模样夫妇伸手去摸，必会迎来一句："阿姨，小心不要弄脏衣服。"

"小伙子，你这脚是怎么弄的？严重吗？"那大姐见我一跳一跳，关心起我的情况。

见大姐这么热情地关心我，我告诉她："前两天，开车不小心撞的，大姐，您二位这是谁住院啊？"我狐疑地打量着夫妇俩，确实看不出谁来住院。

她顿时咯咯地大笑起来，说道："嗻，我家这位，过来拆钢板，几个月前来住院，腿上打了一块钢板，现在过来拆了。"

她说得倒是挺轻松，好像一个物件儿拆个螺丝一样。

一张单人床，他们夫妻俩挤坐在一起，大姐是个胖女人，屁股一坐下去，床"咯吱"一声，我愣了一下，以为要塌了，她却笑着说："没事儿，这铁床结实得很！"说罢，还用手再拍一拍，似乎要证实她说的是对的。

大姐削了一个苹果直接塞到她老公嘴里。那大哥也是个沉默寡言之人，看起来老实本分。

大家你一言我一句攀谈起来，我才知道，那大哥是在工地上班，不小心从绿网上摔下来，幸好没有生命危险，腿上骨头断裂，打了一块儿钢板。大姐在工地附近租了一个早餐铺卖烧饼。

不知道什么时候，夫妻俩都睡着了，挤在一张床上，两个人的呼噜声此起彼伏，我睡不着，一直坐着，屁股都要生茧了，一看时间已经快凌晨一点。这时，护士进来，看到这两人抱在一起，尴尬地说："陪床家属不要睡床上！"

胖大姐像个弹簧一样，突然弹跳起来，一滚就下了床，胖胖的手揉着眼睛，显然是睡得正香。

她去了洗手间，回来时护士已经离开。她拉起隔床帘子，爬上床，不一会儿又睡着了。

医院是可以租折叠床的，一晚30元。夫妇俩为了省下30元，决定不租了，凑合着睡。他们举步维艰地生活在这座城市里，但看不到他们脸上有一丝抱怨。活得比我们阳光灿烂，听他们的呼噜声就知道，夫妻俩对生活是知足的。

天亮时分我才迷迷糊糊地睡去。

大概8点多，我的电话响起，是派出所交警打来的，关于那天发生的事情，需要做个笔录，问我情况怎样，能否前往，我表示暂时出不了院。于是在电话里大概说了下那天的现场情况。

那交警哥们儿告诉我，这情况我的车头损失及个人住院费用等得自己负责，前面改装车不打变道灯有违规，双方责任各自一半，另外，他的改装车是否经过审批上路需要再核查。我的车尾损失由后面那台车辆赔付，包括我受伤的部分费用。我的超速行驶另外要罚款，扣了3分。

挂了电话，我又拨通了我的车险业务员，他给我做了报案处理，车在 4S 店做定损。

事情处理完，我屁股一撅，慢慢挪下床，去了一趟洗手间。准备再睡的时候，闻着面条里飘来的一股瘦肉香味，已然没了睡意。

两口子坐在床上，两人捧着个大盆共吃着一盆面条，这个铝盆一看就是他们自己带来的，夫妻俩带的东西真够齐全，连饭碗都带了，我有点憋不住，差点要笑出声来。

大姐看看我，笑呵呵地问："小伙子，一起来吃吗？"

我哪里敢吃，笑着摆摆手说："你们吃，我去刷牙洗脸了。"

看着镜中的自己，胡子长了一寸之长，四天没刮胡子，疯长。我寻思着是不是在网上买个刮胡刀快递到医院，今天下单，快的话下午或明天就可以送到，不想麻烦思雅去我家取。

洗漱完毕，又是一跳一跳挪到床边，正拿起手机，思雅提着一碗馄饨进来，手里还拿着一个袋子，里面装了一把剃须刀。似乎一切都是那么及时。

吃着热乎乎的馄饨，额头上冒出大颗汗珠，一直流到脖子。

大姐看着我吃得正香，说道："小伙子，你女朋友吗？长得真好！"

思雅看我有些尴尬，她马上接话了："大姐，我是他同事。"

"哟，不错，小姑娘有男朋友了吗？哪里人啊？"大姐一听不是我女朋友，赶紧想介绍对象了。

我的电话响了，是南南。

"爸爸，这几天你怎么都不给我打电话啊？"

我一怔，上次走后就没给他打电话了。

思雅听到电话里有个小男孩叫我爸爸，她眼里的黄金单身汉突然冒出一个儿子，惊愕中，下巴差点要掉下来了。

第三章

惊鸿一瞥

七年前。

那年，我上大三。

宿舍共住了五个人，本来是六个人，其中一个在大二时搬离宿舍和女友到外面同居去了，让我们哥们儿几个好生羡慕。

后来每次碰到他，我们几个总是调侃："同居感觉如何？"

他笑而不语，最多"呵呵"一下。大家心里都在揣测这"呵呵"里面包含了几个意思。

没有女朋友的，只能自己找乐子了。

我与阿文喜欢打球，也是篮球协会成员，阿文是宿舍里年龄最大的，所以他经常照顾我们，帮大家打开水，买饭。

小凯，来自西北，家里比较困难，在学校食堂谋得一份勤工俭学的工作，每天中午、晚上开饭时间我们准时在窗口守候，等着阿文拿着几个大碗，三毛钱能打一大碗白花花的米饭。那时，我们就明白了，有熟人好办事。

另外两个，一个是游戏王，一个是书呆子。但大家相处算是融洽，那些年，"马加爵事件"传遍全国各大校园，虽然过去有些时日，但依然让人震撼，我们总相互调侃："感谢兄弟的不杀之恩！"

游戏王家里比较富裕，记得刚上大学报道那会儿，家里七大姑八大姨都来送他了，他老爸是他们县城文化局局长，局长隔三岔五带部队扫黄、查网吧、查游戏厅，自己儿子却天天光顾那些场地，这有点儿闹笑话了。

这也就是为什么我们给他取了个外号叫"游戏王"。

游戏王很大方，时不时请我们几个哥们去撮一顿。因为除他以外，我们都过得捉襟见肘，能拿出来的票子有限。

那天，又是他在外面请客，游戏王过生日。吃饭回来，差不多晚上九点了，游戏王提议从墙上翻过去，因为走学校大门实在太远了，又喝了点儿小酒。

哥们儿几个也觉得甚好。

我个子比他们都高。很奇怪，我上小学、初中个子矮的可怜，同学们都给我取个外号叫"小不点儿"，一上高中，似乎身体才真正发育，像泥土里爆发的豆芽，一夜之间猛长，到了大三已经长到 180 厘米了，回到家很多人不认识我，以为哪里来了个北方汉子。

我猜想，这与小凯在食堂每日三毛钱给我打一大碗米饭是分不开的。朝中有人，养的猪都比别家肥。

我一个个把他们托上墙，等大伙都跳下去了，我拉着上面一根铁丝网往上爬，纵身一跃，没想到墙顶上还有碎玻璃片，手掌被刮了一道口子，渗出血，慌乱中，脚踩到墙上的青苔，一滑，一只鞋子掉下一个缝里，那个缝隙是沿墙搭建的公共澡堂的一个小窗户。

我一只脚穿鞋，一只脚光着，蹑手蹑脚地绕了一大圈儿，走到澡堂正门口，我一看掉鞋的地方是女生浴室。

我傻眼了，不知道该怎么办？一看时间已是晚上十点了，在门口也没看到什么人，也没听到里面有流水声。我想这时候估计没有什么人洗澡，于是，三步并作两步往里走，大学的澡堂是一格一格的，每个格子间有一个水龙头，插卡洗澡。

我像做贼似的，一个格子一个格子往里看，里面的灯光有些昏暗，还带着一股仙气，那感觉就像唐僧进了女儿国。

走到第三格，眼前一幕把我惊呆了。

一个赤身裸体的女生正在水龙头下哼着歌，湿漉漉的头发垂到肩膀，圆润饱满的臀部对着门口，她还没有发现我的到来，我不自觉地吞了下口水，想转身离去。

她突然惊叫一声："救命啊，救命啊，抓流氓！"

我飞快地跑。心想，这下完了。

不料，我打着赤脚，慌乱中，在走廊通往门口的那个坡上滑了一跤，回头一看，这女生拎起浴巾一裹，直冲向我。

我爬起来直往外跑，她也不管身上的泡沫及头发上往下流的水珠，打着赤脚奋力直追。一边大声叫喊："救命啊，抓流氓。"

果然，我被几个路过的男生按住。

接下来我被送到校保卫科。无论我如何解释都是错的，宿舍几个哥们儿一翻墙就走了，没想到我后面还发生这么多事儿，我也不想把他们拖下水，否则全宿舍的人都得遭殃。

但我死也不承认我是偷看女生洗澡。然而，不管我承不承认，我就是偷看了，这是事实。

第三天，学校宣传栏贴了一张通告，关于对我的处罚：记大过。

宿舍哥们几个调侃我，记大过怕什么，起码看了一次真人裸体。但事实是我真没看到什么，就一个屁股而已，我觉得我太冤了。

这处罚将会记录在我的档案，跟随我一生。然而，我又能怎样？

我想和那个女生联系，只知道她是英语系的，我希望她能帮我去请求校领导给我撤销处分，否则，这大学白读了，我一个农村人，考上大学不容易，不能这样毁了，以后找工作也很麻烦。

当我意识到这一点的时候，我铁定了心一定要找到她，有多苦就装多苦，下跪也行，当时我就是这么想的。

那天夜晚，我在英语系的门口，站在槐树下，心情像上刑场一样，等待她下晚自习。大家都陆陆续续出来，我始终没有看到她，正在焦虑中准备离去，忽然看到她从后门出来，背个背包，穿了一条白色裙子，戴一个耳机，晃悠晃悠走出来。

"那个，那天的事不好意思，我向你道个歉……"我不知道该怎么称呼她，不知道名字，也不知道说什么好，但先道歉总归是好的，最终目的是想求她帮我撤销处分。

"你干什么？怎么又是你？你这个流氓！"她被我突如其来的声音吓了一跳，随即像弹簧一样，弹出一米之远。

我看她对我如此反感，怕她又喊人，我赶紧跪下，说实话，长这么大第一次给人下跪。路过的男男女女频频回头，发出哇塞的声音，都以为我在表白求爱呢。

幸好，昏暗的路灯看不清槐树下我的面孔，否则真得找个地洞钻进去。

"你这是干什么？"她一把拉我到旁边偏僻的小径，似乎那边没什么人，我唯唯诺诺地跟在后面，像个做错事的孩子。

"能不能跟校领导说，帮我把处分撤销？"我声音小得可怜，好像只有我自己能听见，人高马大，怎么这么懦弱，我自己都觉得丢脸。

"自己做了错事，还不想得到惩罚？"她一脸不屑，似乎还不解气。

"我真不是故意看你洗澡，我是去找鞋。"我还是想把我的名誉挽回。我确实是去找鞋的。

"谁信啊？你就是个变态！你肯定是在墙上偷看，然后故意把鞋子丢下来！"她朝我怒吼，越说越离谱。

"谁稀罕看你啊？不帮忙拉倒！"我一气之下愤怒地走了，感觉自己此刻特别爷们儿。

夜色中，桂花的香味潜入我的鼻翼，香味弥漫着整个校园，可我却无心去领略它的芬芳。求她没成功，这是既定事实，我甩甩头，明天还有一场篮球赛，我得赶紧回去睡觉。

次日下午，我和阿文早早做好准备来到篮球场，阿文是替补，我打小前锋。这一次篮球赛是和附近几所高校的巡回赛。关系到我们学校的荣誉，校领导自然也很关心，安排了啦啦队助阵。

说实话，我以前从来没有注意过啦啦队，似乎以前也没有。然而，这次我却格外注意了，因为我看到了那个英语系女生也在其中。很显然，她也发现了我。

她眼中的变态狂此刻在篮球场上英姿飒爽，风度翩翩，从不放过任何一个投球机会。我汗流浃背，挥汗如雨，一想起昨晚的那一跪，简直是白跪了，我心中的怒气，全部发泄到球上去了，结果超常发挥，我们校队赢了。

比赛结束后，队员们都在欢呼雀跃，互相拥抱。我走到看台上，心里想着令人激动的结果，本来是抱着陪打的心态，没想到无心插柳柳成荫。

"我叫张一楠。"突然一个女生在我身后说话。

我转身一看，就是英语系那个女生，我一愣，有点不知所措，不知道该接什么话。

接着，她拿着一瓶水递给我说："来，喝瓶水吧！恭喜你们！"

那微笑，是我见过最纯洁、最阳光的微笑，嫩白的脸蛋有点儿像树上刚成熟的水蜜桃，多汁嫩甜，很想咬一口。

也许，大部分男生见到漂亮的女生都会结巴，然后不知道说什么，或者说想装冷酷，我不知道当时是想装冷酷还是真结巴了，反正只说了两个字：谢谢。然后低头猛喝水。

平时一瓶水怎么着也得分两三次喝完，这下，我竟然像一头牛一样"咕咚咕咚"一口气把它喝完了。

她"扑哧"一声笑出声来，然后递给我一张纸条，其实就是一张餐巾纸，然后转身离去了。我木然，呆立在原地。

"肖铭，哟，都有女生递纸条啦？"我背后传来阿文的声音，紧接着，其他队员都在下面吹着口哨。

我跟阿文做了个鬼脸，小声告诉他，就是这个女生害我受处分的。结果他却哈哈大笑，说："你小子好福气啊，梦姑来找你了。"

《天龙八部》里虚竹不小心掉到地窖，没想到掉进的是温柔乡，与梦姑缠绵一晚上，结果，梦姑在"考夫"时，实则是在寻找虚竹，以及难以忘怀的地窖激情。但我咋能和虚竹比？我连脸都没看清，当然，虚竹也没看到脸，但虚竹是近了身，而我没有，不但没有，还被追打，受了处分。

不管如何，此刻我心中还是有些窃喜，打开一看是个手机号码，署名：张一楠。餐巾纸上的字体娟秀，还带有圆珠笔的水迹，很显然是刚刚写的。

我小心折起来，生怕风一吹就没了。

我放进球裤，却发现裤兜贴着肉全是汗水。于是，像背英语单词一样，一个字一个字地背着，生怕掉了，然后忘记了。因为，我还指望着她能回心转意，帮我去撤销处分。

第四章

约会

这一天，我的心情像吃了一罐蜂蜜，连走路都带着风，似乎要飞起来。

人生有时候就像过山车，意外和惊喜，让人措手不及。昨天还给人下跪，心情像上刑场一样，今天比赛却赢了，而且还收到她的纸条，傻子都知道，她要我打电话给她。

当我回到宿舍推开门时，他们一哄而上把我按住，我吓了一跳，以为做错什么事，要集体讨伐我。

原来阿文这个大嘴巴，早已把纸条事件当新闻在宿舍传播开了。

他们将我全身上下摸了个遍，从裤兜里摸到一团纸巾，他们一哄而抢，本身被汗水浸透的纸巾，遭这么一抢，瞬间变得四分五裂。

我摆摆手，表示我也无能为力了，他们个个都像霜打的茄子，低着头很无辜地说："怎么办？虚竹这下找不到梦姑了！"

"找不到了，怎么办？"我一脸苦相，谁知我心里却高兴着，幸好我神机妙算，早已把那串数字背得滚瓜烂熟。

我那时用的是游戏王用过时的蓝屏手机，他不要了，送给我。深夜，我默默地把那个号码存起来。

这天晚上，我做了一个梦，梦见英语系女生，张一楠，在球场的看台上踮起脚尖亲吻了我的脸，蜻蜓点水一般，那唇带着温度，柔软。

早上起来，发现内裤一片湿润，我惊慌地跑去厕所换了一条，然后默默地洗干净晾在窗台，迎风招展。

吃过早餐去上课，当我经过宣传栏时，那个刺眼的处分公告还在那里，一周了，像一根针一样刺痛我的内心。

我给张一楠发了条信息："嗨，你好，我是肖铭。"

发之前，我心里很忐忑，不知道到底是该打电话还是发信息，想打电话，但不知道怎么开口，思来想去，还是发个信息比较好。

发完以后，眼睛一直盯着手机，生怕第一时间错过她回复的内容，可许久屏幕不亮，我以为没电，打开一看，还是满格。

我就这么心不在焉地听着国际贸易老师那乏味的名词解释，还有那英语老师在台上滔滔不绝，我花痴地看着她，实则心里一直想着手机怎么还不亮？

食不下咽，夜不能寐。感觉被耍了一样。

人总是要这样耍几次，才不会如此天真。我还真以为她是喜欢上我了，然后给我抛了橄榄枝，没想到是把我当猴耍。

几天没消息，销案是没戏了，处分就处分吧，老子不怕，能毕业就行。我突然有点恨学校，仅凭一女生胡说，不调查真相就处分。然而，调查真相估计也是一样的结果，我确实也翻墙了，学校明文规定不准翻墙外出，更不能从外面翻墙进来。

处罚是看洗澡，总比既翻墙又看洗澡好一点儿。命里有这么一劫，就认了吧，这么想着也释然了。

我挤在人头攒动的食堂窗口，举着三四个碗递给小凯，一日三餐，他是我们宿舍的衣食父母了。

"嗨，这么巧，也来吃饭？"我身后突然响起一女声，声音有些熟悉，我转身一看，是张一楠，这个骗子，耍我，竟然还有脸跟我说话，我心里有些不高兴，但又不能在女生面前失去风度，可眼下不管如何风度也挡不住我端了三四份儿米饭的尴尬。

我点点头，说了两个字："是的。"然后准备一溜烟走人，她又说话了："那个，我昨天去问了校领导，那个事儿没办法撤销，不能随便说撤就能撤。"

我"噢"了一声，没说话。不过心里挺感谢的，至少她去找领导了。

"那个，你怎么没给我打电话呢？本来想叫你一块儿去的。"她接着又说，似乎没看到我要走的意思。

什么？我一愣，赶紧掏手机，激动中，手里的饭掉下来了，洒了一地。饭堂阿姨以迅雷不及掩耳之势，一转眼，打扫干净了。

"我不是给你发信息了吗？你都没回。"我委屈地掏出手机，赶紧翻出之前那条等待几天都不回的信息，幸好没有删除，否则哑巴吃黄连，有理说不清了。

"这不是我号码啊，中间那个是 37，不是 73。"这回，真不知道是她耍我还是我真的记错了，纸巾早已不在。

好吧，只能算我记错了。

"一个人吃这么多？"她似乎话很多，我有些尴尬地说："不是，给宿舍人打的，我得再去打一份儿。"

幸好刚刚洒了一份儿，否则都没借口离开，我赶紧又去窗口打了一份儿饭。

我从来没有谈过恋爱，所以不知道怎么和女孩子交流，高中时，暗恋过我同桌，可是我同桌却暗恋我们的语文老师。

回到宿舍，我心情有些澎湃。到底为什么澎湃呢，我说不上来，难道我喜欢上她了？此刻映入我脑海的是球场她递水的一瞬间，还有梦里销魂的一吻。

晚上，我躲在被子里偷偷地把手机那个号码 73 改成 37，然后，给她发了条信息："昨天忘记谢谢你帮我去找校领导，不管结果如何，还是要谢谢你，明天周末有空吗？请你看电影，表示感谢。"

总觉得自己应该大度一点，毕竟人家去找老师了，还给我留了电话，我这蠢货竟然连号码都记错了。

　　"好呀。"

　　她很快回复我，没想到，她这么爽快就答应了。

　　第二天下午，我洗了个澡，换了一套感觉还不错的衣服，这套衣服是我姐打工时送给我的，花了她整整一个月的工资。她上完初中就不肯读了，主要是没考上重点高中，然后跟着父母在家种地，后来满了18周岁，外出打工，谋得一份工厂流水线工作。

　　学校的电影院其实就是个阶梯大教室，说真的，以前从来没有去看过电影，毕竟一个人看还不如和宿舍游戏王去网吧看，我们两个人一直没有机会找女友。

　　她如约在电影院门口等我，还是穿的那条白色裙子，她今天看起来格外迷人，长发垂肩，不长不短，刚刚好。毕竟此刻不是上刑场而是去电影院，所以看谁都觉得美。

　　我们看的是2007版的《蜘蛛侠》。

　　蜘蛛侠在经历了重重考验之后，成为人人敬仰的正义英雄，终于抱得美人归。但是，光环下的蜘蛛侠也有自己的心病：他放走了小偷导致最亲爱的叔叔被小偷杀死，帕克一直耿耿于怀。生活顺意的帕克开始变得目中无人，当他再次抓到那个小偷时，残忍地看着他从楼上摔下致死，过后才发现自己惩罚错了人，真凶是沙人。当帕克将沙人残忍杀死后，帕克内心的阴暗面渐渐在他的身体内占据了上风，蜘蛛侠最终演变成邪恶的"毒蜘蛛"！最糟糕的是，帕克没有察觉到自身的变化……

　　黑暗中，我看着张一楠鹅蛋形的脸庞，我以为她会被惊恐的画面吓得惊叫，似乎比我想象中的要淡定。我给她买了一瓶水，好像几乎没有喝，我这瓶早已空了。

电影结束后，我带她去食堂吃宵夜，其实是我自己饿了。

夜色中，我们肩并肩地走在校园的林荫大道上，灯光下，踩着各自拉长的影子，她比我矮一大截，头到我肩膀，有点儿小鸟依人的感觉。

我送她到女生宿舍楼下，被吓了一大跳，从来没有夜晚来过这里，没想到场面如此壮观，情侣们一对一对接吻拥抱，明日不是还见吗？怎么个个都像是生离死别？

我俩显得有些尴尬，她匆忙说不用送了，然后，扭头上楼，我目送着她的背影，突然觉得，大学不谈恋爱真是白上了。

"谢谢你请我看电影。"我还没回到宿舍就收到张一楠发来的短信，心里美滋滋的。

"不客气，希望下次还有机会。"我鼓起勇气，毅然决然地回复，希望有继续约会的机会。

"我问你，我那天洗澡，你到底看到了多少？"我吓了一大跳，她竟然这么直接问我。

"我真没看到什么，烟雾缭绕的，真没看清，都是朦朦胧胧。"我实话实说。

"你撒谎。"我不知道她到底想要我说什么。

"我的姑奶奶，事实就是这样，学校也处分我了，我真不是故意偷看，再说我只看到屁股，真没看到别的，我都觉得太冤了，我就是去找鞋，哪知道这么晚还有人洗澡。"这话我都说了几十遍了，我甚是着急。

"都看到屁股了，还说什么没看到"。她这句话后面还带了个难过的表情，我一直不知道手机里这个难过的表情是怎么打出来的。

"那怎么办？钱没有，要命一条，或许，我只能以身相许了。"我硬着头皮，发出去了。后来，我才知道，她等得就是这句话。

"好呀。"

这么爽快，她就这样要我以身相许了？这女朋友真是白捡了，我笑得差点想原地打转，愉快地冲上楼，健步如飞地回到宿舍。

我哼着小曲儿，洗了个冷水澡，爬上床准备睡觉了，可怎么也睡不着，这是有历史纪念意义的一天。我打开手机，看她有没有再给我发信息，可是没有，我慌了，左思右想，对了，我一直还没有回她，我高兴过头了。

"那就这么说定了，今天开始你就是我女朋友了，不许骗我。"我怕她又要我了。

"嗯，晚安。"

她最后跟我说晚安了，我的女朋友，我心里在默念着。

"肖铭，今天怎么那么安静？怎么早早就睡了？"阿文站在我床边，抬头拍打床沿的铁架。

"该不会还是因为那个处分的事情吧？没事的，听说现在找工作基本也不查档案的。"小凯还真贴心，这都去打听了。

"哟，肖铭，该不会是梦姑找上门来，要你以身相许吧？"游戏王怎么那么八卦，而且一卦一个准儿。

我从被子里冒出个头，把手机藏起来，说："没有，就是今天有点累了，早点睡，明天要上课呢。"感谢哥们儿几个如此关心我，我心里可乐坏了，早把处分的事抛到九霄云外。

说完，我一头蒙进被子，打开手机，又重新翻看信息，一个字一个字地回看，久久不能寐。

第五章

我们的初恋

天空才微微泛白，我摸出手机打了几个字："亲爱的，早。"

反复琢磨，觉得太肤浅，又删了。

当我正苦思冥想打什么字时，突然收到张一楠的信息："早。"虽然只有一个字，但惊得我立刻从床上滚起来。

新的一天，似乎一切都那么美好，一个人在最好的年华里，遇见一个自己喜欢的人是多么幸运，但她是因为喜欢我才要我"以身相许"吗？其实我心里是没底的。

我不知道，老天为什么突然就眷顾我了，幸福来得太突然。我，寒门出身，本不奢望得到爱情，可它却来了，躲也躲不掉。

我三下五除二洗漱完毕，才刚开始谈恋爱，我不想让这群兔崽子们知道，以免搅黄我的好事，于是，拿着今天上课的课本神秘地下楼了。

穿过林荫大道，去食堂买了我平时爱吃的早餐，有豆浆、油条、包子，还有酸奶，买了两人份，都说女生爱喝酸奶，我想张一楠应该也喜欢。

十一月份的天气开始转凉了。我在她的宿舍楼下等着，我把包子捂得紧紧的，生怕凉了不好吃。

其实，我心里很忐忑，电话号码乌龙事件，我至今都不知道是我自己记错还是她故意搞怪，似乎有点儿一朝被蛇咬，十年怕井绳的感觉。但我还是很期待，她是认真的。

"嗨，这么早就到了。"她风一样沿着台阶飘了下来，朝我挥了挥手。

所有的疑虑都在张一楠来到我面前时消失了。她穿了一件白色衬衣，披了件小马甲，下面是一条牛仔裤，很阳光的样子，如同她脸上的微笑，醉了旁人，更醉了我，惹得我喉结上下滚动，吞了吞口水说："不早，不早，我也刚到。"实则，我已经等了二十分钟了。

我赶紧从外套里拿出早餐，她惊讶，然后"扑哧"一声笑了，说："我没那么矫情，没必要放衣服里面啊，要是洒了，衣服没办法穿了。"

然后，她自顾自地喝着酸奶。我以为成为男女朋友后，第一次约会，会很尴尬，然而，没我想得那么糟糕。看着她抿着小嘴一口包子，一口酸奶，突然觉得人生如此，足矣。

一个恋爱小白，开始了我的大学爱情之旅。

为了谈一场我认为的惊天动地的恋爱，我的英语四级也就这么挂起来了。后来听说英语四级不过，毕不了业，于是我又捡起书，死缠烂打，缠着张一楠给我补课，她可是英语系的，英语水平自然比我强多了。

于是，每个清晨我们早早地来到湖畔的英语角，冒着凛冽的寒风，背着那些枯燥无味的单词，身边有了张一楠的陪伴，我突然感觉那些乏味的单词竟然也成了一个个跳动的美丽音符。

有时候天太冷，她的手都冻僵了，我不停地一边搓她的手，一边哈着气，然后放进我的口袋，小小的口袋里装着两只手，我的心如小鹿般乱撞。

每个阳光灿烂的周三下午，张一楠知道我要打球，她坐在篮球场的看台上，声嘶力竭地给我加油。我每一次回头，准能远远地看到她那如水蜜桃般的脸，然后她把手放在嘴边，形成一个话筒样子，高喊："加油，你最棒！"

我朝她做了一个飞吻的动作，惹得她旁边的女生嫉妒羡慕恨。那一刻，我浑身似乎有使不完的劲。

人生好像有了期待，一切都被赋予了新的意义。

一个月后，功夫不负有心人，我的四级终于通过了。我第一个告诉张一楠，她这个老师比我还高兴。下了晚自习，我们牵着手一路晃悠，不知不觉走到了我们常约会的小山坡，我感觉应该给我过了四级来一个隆重的庆祝，买了点儿小吃和饮料。

　　说实话，谈恋爱后，我的生活就更加拮据了，差不多要勒紧裤腰带过日子。虽然花不了几个大钱，但对于我们农村人来说，人家买一个生日礼物比我一个月生活费还多。

　　张一楠是独生女，家庭条件比我好多了，父母是双职工，具体什么单位，她不多说，我也没有问。我一直很担心，我们这样的悬殊差距会不会有未来，张一楠倒是很看得开，并没有因为我是个穷学生而嫌弃我，这一点，我特别感动。

　　她知道我的家境，所以每次不要我破费，有时候还主动给我打饭。那时候我就发誓，以后一定要努力赚钱，赚很多钱。

　　我们沿着崎岖的小径往山上走，说是山，其实就是一个小山坡。每天都有三五对情侣在这里窃窃私语，或耳边呢喃，或拥抱接吻，或仰望星空，或泪雨滂沱……

　　说实话，我和张一楠平时最多就牵个手，接吻都没有过，我觉得这是神圣庄严的事，所以它需要一个仪式，那么就今晚了，我心里盘算着，好像是要做一件大事一样。

　　我们席地而坐，她突然说："你那次突然下跪，可真把我吓一跳。"

　　"是吗？我可是被逼得不行啊，我怕你又大叫，骂我流氓。"我一边说，一边往她身上蹭。

　　我闻着一股属于女生的奶香味，这味道让我心旷神怡。一直很疑惑，女生个个都那么香是怎么回事？直到后来，我才知道，那是擦脸的 BB 霜、气垫的味道。

"你现在可就流氓了啊。"她侧着脸，怒嗔道。

我顺势在她脸上亲了一下，她竟然也没有把我推开，于是我更加肆无忌惮地亲到鼻尖、唇。她的唇温润、柔软如同羽毛，是我梦中的味道。我耐不住体内的热火，我双手捧着她的小脸蛋深沉地看着她，眼里满满的感动，温柔地亲着，她的纤纤玉手也不知不觉绕着我的脖子往上攀爬，任凭我温柔而热烈地拥吻，从舌尖一直探到舌根，似乎要把她吞噬了。

在22岁这年，我第一次亲吻了一个女孩，如同电流一般，涌进全身，酥麻又令人陶醉。

"一楠，你说，我们毕业后会分开吗？"我们坐在草地上，我左手搂着她的肩膀，低头轻声问她，我真的一直担心校园的爱情没有未来，甚至总觉得，我一个寒门学生，何德何能，她一富家女生能看上我。

我有时候很害怕，怕一觉醒来，一楠跟我说："你不是我的理想恋爱对象，我们分手吧。"

"说什么呢，傻瓜。"她仰起头，说完，手指在我的额头上轻轻一点。

我捉住了她的手，又开始亲昵起来。

这是一个美妙的夜晚，连星星都躲到云层，羞涩了脸，我们深夜都不肯离去。虽然已是冬天，但浑身热乎乎的。

一个月后，我们商量着在学校外面租了个小单间，就这样，我们同居了。

我们将自己最美好的第一次给了对方，羞涩而懵懂。我不再为每次牵着一楠的小手身体却膨胀到不行而涨红了脸。

很多次她问我为什么突然甩开她的手，自己一个人匆匆往前走，因为我不敢告诉她，此刻我的裤裆已经支起了个小帐篷。

深夜，当我把过往的种种尴尬场面一股脑儿地说给她听的时候，她两只手捂着肚子在被窝笑得蜷缩起来。

同居，这也意味着我们的花销将更多，首先是租金。

于是，我在商场寻得一份周末兼职，促销饮料。50 元一天，超额完成再有 2% 的提成。一个月下来，房租有了。

为了爱情，我拼了老命，再苦再累也觉得值。那个寒假，直到腊月二十八我才回老家。张一楠也一直陪我到腊月二十八，在火车站相互送别，我们拥抱着，久久不愿松开，似乎是生离死别。

"回去记得要给我打电话啊。"张一楠在送别台上朝我挥着手，嘴里哈着气，满脸的不舍，吸了下鼻子，差点要哭了。

"会的，放心，你赶紧到候车厅去等车吧，一会儿你的发车时间也快到了，上车后给我发信息。"我使劲把窗户掰开，探出头叫一楠赶紧回去。

本来叫她不要买临时站台票，她非要来送我，拉着我的胳膊一路走来，直到我上了车，车子一声鸣叫，要启动了，她才迟迟离去。

看她红红的鼻子，满脸的不舍，我心痛极了，这辈子有一个女孩对我这么好，我感觉此生无憾。

车子开动了，我还趴在窗户上，一直看着一楠渐行渐远的身影。

二十分钟后，收到一楠的信息："我上车了，记得想我哦。"

"当然，每时每刻都想你，下车后我给你电话。"我脑子里满是一楠吸鼻子的表情。

那年春节，我觉得过得特别慢，尤其是我爸还拽着我走街串巷。年三十还没睡醒就把我从被窝里拎起来，说要去走亲戚送礼。

我外公外婆早已过世了，还有一个舅舅，是个酒鬼，他一个酒友三天两头来他家喝酒聊天，一聊天大半日就过去了，然后两个人又盘算着去哪里打牌，日子倒是过得很悠闲，但因为如此，家里争吵不断，因为赚不到钱，又要开销。所以，若不是过年过节，我还真不愿去他家，我一个晚辈也不好说他，可怜了表弟表妹，还没上完初中就辍学了，日子真是每况愈下。

到舅舅家已是中午十一点了，他却没在家，我舅妈一个人，孩子们都到外面撒野去了。问我舅妈，我舅去哪里了。

"你舅那个酒鬼，送别去了，他那个酒友终于是身体扛不住了，年前查出酒精肝，不到一个月又查出肝癌晚期，这不，今早就去了。"我舅妈似乎早料到此事会发生，不急不慢地叙述着。

今后，没了酒友，估计就能戒酒了，这下他也许终于能明白，酒喝多了伤身体。以前，我妈说他不听，这下不用旁人说了，活生生的例子，再喝下去，命都没了。

中午，我们吃过午饭便回去了，一直没等到我舅。

回到家，我火急火燎地爬到屋后的山坡上，举着电话，山沟沟里信号实在太差了，连短信都收不到，手机一格信号也没有，总是显示不在服务区。我担心张一楠给我打电话。一看手机，没有，我慌了，两天都没有联系，我赶紧打电话给她。她的电话我记得滚瓜烂熟了，翻看通话记录，突然发现给张一楠打的电话比给我妈的还多得多，真是有了媳妇忘了娘。

"喂，哪位？"接听电话的不是张一楠，我吓了一大跳，以为她手机掉了。

"请问你是？"我试着问下，看看是不是小偷。

"我问你是谁？这是一楠的手机。"我才反应过来，原来是她妈。

"阿姨您好，一楠在吗？我是她……她同学，我来给她拜个年。"我差点把男朋友几个字说出来，到嗓子眼儿了又硬生生地吞回去。

"哦，跟她爸出去了，忘了带手机。你是哪位？回来我告诉她。"她妈的口气听起来还是很和善的。

"没事，阿姨，我下次再打，祝您新年快乐。"我赶紧挂了，额头渗出汗，怕问多了穿帮，说真的，我很害怕他父母反对我们谈恋爱，毕竟，门不当户不对。

年三十夜晚，家家户户张灯结彩，平时不怎么热闹的村子突然一下炸开了锅，从下午三四点"噼里啪啦"鞭炮不停，家家户户此时准备吃年夜饭了。外出打工的，上学的，为了这一年的团圆都从四面八方回来，好不热闹，个个挨家挨户开始拜年了。然后在火炉旁坐等春节联欢晚会。

可我却无心看春晚，我想给一楠打个电话，黑灯瞎火的，打着手机电筒，于是我又跑到屋后的山坡上，爬到树上举着电话找信号。

"喂，打你电话怎么都打不通啊。"我还没来得及开口，听到电话那头传来一楠熟悉的声音。

我激动又开心，喘着粗气说："家里信号不好，接不到电话。"

"你家是在什么地方啊，怎么连个信号都没有？"一楠嘟囔着，她确实想象不到，我家在一个犄角旮旯里，四面环山，就像鲁迅的《少年闰土》写道："只看见院子里高墙上四角的天空。"而我，除了看见四面的山，只能看见山顶上四角的天空，我甚至不敢告诉她，此刻，我正挂在一棵油桐树上给她打电话。

寒风呼啦呼啦地作响，我的手几乎冻僵了，一只手紧紧抓住树干，一只手拿着电话贴着耳朵，山脚下飘来震耳欲聋的鞭炮声，我只能扯着嗓子和一楠说话。

聊了许久，我问她冷吗，她说，不冷，有暖气。

我问："暖气是什么样的？是不是从墙上冒气出来？"

她突然咯咯大笑起来，说："哎哟，下次带你来我家，参观我们北方的暖气，如何？"我连忙说好，其实，我心里害怕，害怕什么，说不上来，就是感觉，她家应该比较高大上，有点儿不敢去。

我正在想这个问题的时候，旁边王婶家扔了一个大鞭炮上来，不知道为什么，怎么就扔到山上来了，不怕着火吗？我吓得手一抖，手机滑落，两只手慌忙去抓手机，这一抓，不但手机没抓住，整个人也从树上掉下来。

这一刻，我脑子里"轰"的一声，心想这下完了，不死也残疾了。

我一路沿着山坡滚下来，在十多米处的屋檐下水沟里，我动弹不得，王婶家儿子放鞭炮发现有东西滚下了，以为是野猪，后来才知道是我，他找到我父母，两个人搀扶着把我背回去。

我的左手腕疼痛难捱，他们说估计是脱臼了，幸好穿了大棉衣，否则真的非死即残。

我爸妈三更半夜去村里找来老中医，帮我把手腕硬生生地掰了回去，我分明听到那骨头咔嚓的声音。后来，去诊所上了石膏板，休养了一周，哪儿也没去。但我没有告诉张一楠，那天晚上我从树上摔下来了，怕她担心我。

这个春节，过得焦躁又无聊，后来没再爬树了。

年后初八，我早早地买好火车票去学校，我妈一直唠唠叨叨说我为什么去那么早，我没有告诉她我谈恋爱了。

一上火车就给张一楠打电话，她也说第二天就来，想我了。我一听，激动得想飞起来，早已忘了那脱臼的手不能太使劲。

我把被子、床单全部拿出来洗了，在太阳下暴晒了一天，一股冬日里温暖阳光的味道，我把屋子里全部整理了一下，打扫得干干净净，等待我的女主人的到来。

第二天，天没亮我就去火车站等她，远远地，我看见她戴了个白色毛茸茸的耳帽，围了一条深蓝色围巾，从出口处的人堆里挤了出来。

火车站那些拉客的，摩托车、面包车、小车，一哄而上，围着她问："小姑娘去哪里？坐我们的车。"

我三步并作两步，箭一般地冲上去，赶紧把她拉出来拥到怀里。生怕被骗子骗上车。

她仰着头看着我，突然跳起来，蜻蜓点水般地亲了我一下，我顿时心波荡漾，久久不能平复内心的澎湃。

接着，她从包里拿出一条咖啡色围巾，迫不及待地给我围上了，说送给我的，我一惊，赶紧在她脸上亲了一下，她羞答答的脸更红了。

我问："你织的围巾？"

她扬起羞红了的脸问："怎么样？好看吗？"

"当然好看。"我牵着一楠的手，推着她的箱子往公交站台去了，我的脖子上传来一阵阵温暖，从脖子到心田。

后来的岁月里，这条围巾一直跟随着我，因为这是我最心爱的女孩送的。

第六章

意外的孩子

冬天已过，春天就来了，万物复苏。

南方的天气，说热就开始热了。女生们陆陆续续开始穿起了裙子，我特喜欢张一楠穿那条白色裙子，那是见到她最美的一瞬间，哦，不，最美的一瞬间应该是她在澡堂的若隐若现，那缥缈的感觉，仿佛是唐僧不小心误闯了女儿国。

当然，若没有澡堂的那一幕，也许就不会有我们的今天，说真的，还真感谢那一次偷窥，虽然受了处分，但也值了，我心里一直是这么想的。

虚竹和梦姑，终于在一起了。人生走的每一步路都没有白费。也许有些事情看似一场不幸遭遇，实则也许是中了一个头彩，所以，不要惧怕任何事情的到来，时间会证明一切。

至今为止，我宿舍的其他几个人，不管是有钱的游戏王，还是和我一样的穷学生阿凯，统统还单身着，只有我如此幸运。

大三下学期悄悄地过去了一半，恋爱的日子，时间从饭堂里过去了，时间又从我们手挽手的林荫树下过去了，时间还从我们出租屋里的拥抱中飞走了。

"肖铭，明年就毕业了，有想好去哪儿发展吗？"一楠第一次问我这个问题。

"你想去哪儿发展，我就去哪里。"我不假思索地说。

"我爸妈前几天还打电话说，毕业后叫我出国留学呢。"一楠不紧不慢地讲，可却把我吓得一身冷汗，出国，以我的条件，怎么可能？想都不敢想。

"那你自己怎么想的啊？"我希望一楠的回答是不想去的。

"我自己当然不想去啊，出国有什么好玩的，人生地不熟，我希望和你在一起，不如我们一起去改革开放的沿海城市，怎么样？"她仰着头望着我，一脸的单纯和稚嫩，我听到了想要的答案，兴奋地把她搂在怀里，生怕飞了。

五月份的一天，张一楠突然紧紧拉着我的手，哆嗦着说："我好像一个月没有来那个了。"我问她哪个，我当时很傻，那个不知道是哪个。她急得直跺脚。

后来，我们选了一个周末，我请了假，没有去做兼职。我陪张一楠去了一家中等规模的医院，人满为患。

"男士止步！"护士拦着我到玻璃门以外去等候，我焦虑地站在门外看着一楠抖动的手拿着一本新买的病历本。

果然，医生告诉她怀孕了，说孩子很健康，各项指标都正常，已经有胎心跳动了。

张一楠一听，两行眼泪涌出来，我从玻璃门外看到医生拉着她的手问："怎么啦？"一楠不敢告诉医生，她还是个学生。

一楠摇摇头，出来了，一个人目光呆滞地走出医院大门，蹲在墙角，哭得稀里哗啦，眼睛都哭肿了，她双手抱着头，蹲在地上，久久不肯起来，我紧紧抱着她，不知道该说什么。

不要了？那岂不是亲自杀死自己的孩子？叫她生下来？谁带？怎么养活？

夏娃和亚当偷吃了禁果，终究是要自食其果的。

我们回到出租房，张一楠食不下咽，夜不能寐，一把鼻涕一把泪，看得我真心疼。若真把孩子生下来，估计会成为校园爆炸性新闻，登上全国校园新闻首页，我们俩就得卷铺盖走人，拿不了毕业证。

可我一个寒门学生，父母毕生的心血都在我身上，如果被开除了，我如何向他们交代？一楠呢？这一辈子也同样毁了。

我们整夜没有入睡，左思右想，最后商量着去把孩子打了，只要张一楠愿意，其实，我完全依她的想法。

又是一个周末，我们早早来到医院，人山人海，排到我们时，已经是上午十一点了，她一直抓着我的手，很冰凉，她很害怕，嘴唇都在发抖。

我知道，她是没吃多少苦的人，独生子女，大小姐，但却没有大小姐的脾气，这点让我为之钦佩，也正是我喜欢她的原因。

"去吧，我在这里等你。"我安慰她，在她脸上亲了一下。

"肖铭，我们这样会不会遭雷劈啊？"她仰起头，嘟着嘴巴问我。

"没事的，去吧。"我看到电子屏叫号已经三次了。

她点点头，进去了，看着那难过的表情，我的心一直揪心的痛，恨不得进去的人是我。

我正准备坐到椅子上静静等待时，看到张一楠跑出来，拉着我就走。我不明就里，稀里糊涂跟着她下楼了，我着急问："一楠，怎么了？"

她说："我不做了，我刚刚感觉到肚子里动了一下，好神奇。"

好吧，不做就不做，依了她，我又跑到楼上去找医生退钱，流程肯定麻烦，遭了医生一顿白眼，啰啰唆唆一大堆，可我没办法，硬着头皮，一千多块钱啊。

"一楠，生下来怎么带啊？怀孕了肚子会一天天大起来，同学们发现了怎么办？"我小心翼翼地问，我害怕她突然朝我发火，毕竟，是我干了坏事。

"还有一个月就放暑假了，没关系啊，现在又不显肚子，等九月开学，穿宽松的衣服，冬天穿棉衣，发现不了的。"一楠似乎发现了新大陆，兴奋地掰着手指头数着日子。

这个傻姑娘真以为这样就可以蒙混过关，我都替她捏把汗，有几次在食堂突然呕吐，有个女生问她怎么了？她竟然骗人家说肠胃不好，而且说得有模有样。

我站在旁边不敢说话，吃完饭赶紧拉着她走，人多眼杂，后来的一个月里，我几乎不让她出现在食堂，害怕她闻着饭菜味就呕吐。

所幸，随着暑假到来，怀孕三个月后的孕吐反应几乎消失了。张一楠的肚子一天天鼓起来，暑假我们也没有回去，我更加忙了，周末兼职两份工作，张一楠自己在屋子里做饭，几乎不敢出去吃，也很少和同学相聚，穿宽松的裙子，幸好现在还看不出来她已是好几个月的孕妇。

大四的上学期，张一楠经常逃课，遇到点名就叫以前宿舍同学帮一下。我们也没有按照医生的吩咐定期去做孕检，因为没有钱，所幸她身体很好，没有什么不适。天冷的时候，她天天穿羽绒去上课，没有人知道，这是一个大肚婆，她开始变得孤僻，有时候脾气会暴躁，她上课常常一个人坐到窗户下没人的地方。

偶尔，有些同学问她是不是生病了，张一楠摇摇头不作声。

快放寒假的时候，张一楠要生了，我们都没有告诉双方的父母，也没有告诉任何人。因为没有结婚证，我们只能在私人医院生产。

那天，我在产房外焦虑地等待，听到她在产房里喊得撕心裂肺，她是顺产的，她坚持要顺产，看了书，说顺产对孩子好，自己也恢复快，半小时不到，随着"哇"的一声，孩子出生了，是一个大胖小子，七斤。

护士把她从产房里推出来的时候，我看到她煞白煞白的脸，一点儿血色都没有，我紧紧抓住她的手，一楠温柔地看着我，似乎此刻我就是她的全世界。

我们商量着给孩子取了个名字叫：肖南，寓意就是有我的姓，还有一楠的名。

三天后一楠就出院了，我们俩坐着公交车把孩子抱回出租屋，一路上裹得严严实实，好在是寒假来临，不然迟早会穿帮的。

在这个拥挤的小单间里住了三个人。这小子天天"哇哇"大叫，我们没有带孩子的经验，有时候半夜我一个转身，不小心压到他的小手，他又哇哇大哭，然后一楠就不停地说我。后来，没办法，寒冷的冬天，我只能睡地板。

那年春节，我们都没有回家。回哪里？她抱着一个孩子回她家？肯定被打断腿。回我家？那个山沟沟里，天寒地冻的，一楠绝对也不会去的，我也不敢告诉父母，所以，干脆都不回了。

大四下学期，新学期开学，很多同学陆陆续续都到实习单位去了，再返校的只有一小部分。听说我们原来宿舍的小凯找到工作没来学校了，自从我搬出来住后，加上一楠怀孕，我几乎很少跟大家联系，听说游戏王和阿文还在学校，继续等待校园招聘机会。

阳春三月，草长莺飞，学校来了很多招聘单位，我忙着一家一家投递简历。

其中有两个单位都通过了初试，但后来复试，查到档案均以学校处分为由刷下来了。我拖着疲惫的身子回到出租屋，一脸委屈地把这事跟一楠讲了，心里有些气，这气当时到底是气招聘单位还是气学校，或者气一楠把我告到学校，我自己也分不清了，反正就是不服气。

一楠在那喂奶的工夫，看我摔东摔西，以为我把气撒到她身上，她把孩子一扔，丢到床上，人走了。

我赶紧冲出去追她，不料却看到她蹲在路边哭。

我拍着她的肩膀轻声说："对不起，我不是针对你，不要放心里了。"

一楠起身，靠在我身上，在我肩膀上用衣服擦了下眼泪，说："好好的大学生活为什么会变成这样了？回过头来想想，这一年，我都干了什么，我挂了一科，身材也走样了，脸上还长斑了，我现在整天带孩子，连门都不敢出。"

　　一楠越说越委屈，刚擦干的眼泪又来了，许久，我才想起孩子还在床上，我们赶紧跑回去。

　　打开门一看，孩子已经滚下床了，蹬着小脚不停地哭，幸好裹着毯子，没什么大碍，否则我们俩自作孽不可活。

　　然而，孩子后半夜却发烧了，高达39摄氏度，我们猜测一定是掉下来着凉了。一楠又开始责怪我，说我不该冲她发火，我默默地听着她唠叨，突然觉得，一个文静的女生怎么一下就变得像泼妇了，我无语。我们三更半夜打的去医院。

　　第二天，一楠找她父母打了点儿钱。我除了兼职能补贴房租外也剩不了钱，两个几乎没有收入的人根本没有想到养一个孩子是多么困难。

第七章

消失的女神

三天后，孩子出院了，我们也不敢多待，毕竟住院太贵了，一楠从不敢找父母多要钱，生怕出纰漏。

学校又来了些招聘单位，我想尽快找到工作，解决我们目前的生活困境，当所有简历都投完，天黑时分回到出租屋，一楠不在，只看见孩子蹬着小脚在床上，发出"咿呀"的声音。

桌上留了一张纸条："肖铭，这不是我想要的生活，我走了，不要来找我。"字写得很潦草，不像以前的娟秀字体，似乎很匆忙。

我哆嗦着双手捧起桌上的字条，睁大眼睛，一个字一个字地念着："肖铭，这不是我想要的生活，我走了，不要来找我。"

我反复念了三遍，脑袋"嗡"的一声，犹如一把铁锤从我头顶上砸了下来。

张一楠离开我了。

我这一生，第一个，也许是唯一一个我爱上的女生就这么突然地离开了我，似乎刮了一阵龙卷风，"唰"地一下消失了，我呆若木鸡地站在原地。

剩下嗷嗷待哺的婴儿如何是好？此刻的心情比天塌下来还要糟糕。外面下着沥沥小雨，清明时节雨纷纷，路上行人欲断魂。

我掏出手机，拨打张一楠的电话，很显然是关机的。

我仔细回想，过去的一年也许是她人生中最糟糕的一年，毫无准备地怀孕、生产，除了我，她母亲和家人都不在身边，吃得也不算太好，连春节都没有回家，考试还挂了一科。但我相信，张一楠是爱我的，要不然也不会为我生下这个孩子，可是，为什么又要离开？为什么？我的心在撕扯地痛，毫无准备。

我总是在想，熬过去就一定会有阳光，可她却等不及看到阳光的那一天。

有奶便是娘，我没奶，不是娘，是他爸，怎么办？我看着床上的孩子饿得哇哇大哭，双脚朝天花板胡乱地蹬着。

我捏着手里仅剩的一百块钱，打电话给舍友阿文，他立刻带着游戏王就来了，宿舍也只有他们俩在，其他两个同学已经找到实习单位走了。

"天哪，你小子，可以啊，孩子都出生了。"他们俩看到孩子，惊恐得眼珠子都要滚出来了。

"你小子行啊，怎么偷偷摸摸孩子都出来了？"游戏王拍着我的肩膀，他还没有发现我快要哭的表情。

"你们不要嘲笑我了，我现在要抓狂了，怎么办？张一楠走了，孩子不知道怎么办？"我低垂着头，眼泪已经流出来了，踌躇了一会儿，捏着纸条给他们看。

"那怎么办？赶紧放到福利院送人吧。"游戏王说得倒是挺轻松，不是他儿子，尽给我出歪主意，话都还挂在嘴边，他便骑了自行车说去给我买奶粉。

"要不赶紧带回家，给你老妈带，你这样都没法脱身，又毕业了，还得找工作啊。"阿文说得还是很有道理。

可我爸妈都是农村人，我一个大学生不好好念书，尽干那些遭人闲话的坏事，伤风败俗，我父母接受不了，准会用乱棍打死我，以后他们在村里也抬不起头。

我左思右想，急得像热锅上的蚂蚁。不一会儿，游戏王提着四罐奶粉就来了。我非常感动，说奶粉钱过段时间再给他，游戏王却打我一拳：

“不用给了，这是我送孩子的见面礼。”然后我们三人手忙脚乱地烧开水，冲水泡奶粉，幸好以前买了个奶瓶，虽然一直吃母乳，但奶瓶都还在，我们也不懂得要消毒，不懂得要用温开水，直接就用开水冲，结果，奶粉一团一团，一放到嘴里，把他烫得嘴巴一噘，扭头就哭。

孩子才三个月，还不会说话，只能用哭来表示抗议，可怜了我的娃，这么小娘就逃跑了。

奶溢出来，我一惊，才发现太烫了，游戏王灵光一闪，拿出手机给我百度：冲奶粉，水温多少摄氏度合适？

三个男生开始学着做奶爸。当这个小兔崽子喝完100毫升的时候，吮着奶嘴就睡着了。我们仨终于松了一口气，然后轻轻地把他放床上。

“这事，你们俩千万别给我传出去了，否则我死定了，毕不了业的。”我端了个矮凳挪到他们俩跟前，带着祈求的目光。

“放心，放心，眼前赶紧把孩子送走，否则就真完蛋了。难不成你自己带？”游戏王开口闭口就是把孩子送走。

“是呀，你还得找工作啊。”阿文也附和着。

可送给谁呢？我转过头，心疼地看着我儿子，才这么点儿大呢。这辈子造了什么孽啊。

“这样，我们俩先给你看着，你现在赶紧去一楠宿舍找找看，或者问下她原来宿舍的人。”游戏王点子还是真多，说罢，把我推出去了。他们俩蹲在那里给我看着熟睡中的孩子。

我果真潜入了女生宿舍，以前谈恋爱时学会了一些惯用伎俩，跟阿姨说是给女生修电脑。

然而，我跑到宿舍的时候，她们个个惊讶，怎么找一楠找到这来了，问我是不是吵架了，她们说很久不见一楠，大半年了，都以为这个学期没来上学。我要了与一楠关系最好的舍友张琳电话，如果一楠与她有联系叫她告诉我，没再多说什么我便匆匆下楼了，因为我知道，张一楠肯定是没有来过宿舍。

回到出租屋时，天色已晚，我让游戏王和阿文先回宿舍了。我不敢离开房间半步，也不敢把孩子带出去，生怕被同学发现，然后学校不给我毕业证，这辈子就毁了。

我反复给张一楠打电话，一直是关机，不知道她去了哪里，我甚至不知道她家里的电话，也不知道她家里的详细地址，因为我从来没有想过会有这么一天。去年春节，我挂在树上给她打电话，她还说带我去她家参观暖气，如今，却不辞而别。

"一楠，你去哪里了？"

"亲爱的，你到底去哪里了？回来吧。"

"老婆，没有你，我和孩子怎么活啊，回来吧。"

"老婆，等你回来我们就去领证，有什么问题一起面对吧。"

"老婆，不要丢下我和南南不管啊。"

"一楠，你到底在哪里，我来找你，你别想不开啊。"

……

我给她留言不下100条。我尝试问学校，但是她班主任说她以找到实习单位为由，离校了，后来她班主任也联系不上她，学校没有理由给我她的家庭地址，因为我不敢说我们俩生了孩子。

张一楠铁了心要离开我，所以，我肯定是找不到了。

我眯着瞌睡的双眼趴在床边，眼眶湿润，朦胧中又听到孩子的哭声，我惊悸地抬头一看，孩子还在睡，我知道我这是做梦了，松了一口气，一看手机晚上八点，我还没吃晚饭，身上只有一百块钱了。我去了一趟旁边的小卖部，买了两包酸菜牛肉方便面，凑合着吃了一顿。我的胃病其实是从这时候开始的。

我的手机响了，是我妈。

"小铭啊，吃饭了没？"

"在吃。"我一边吃面一边捂着口低声说话，生怕把孩子吵醒。

"吃什么菜啊？过年也没回，自己在学校要准时吃饭。"听我妈这么一说，眼泪不禁在眼圈里打转。

"嗯，知道。"我的喉咙有些哽咽了。

"妈，家里最近好吗？差不多要插秧了吧。"我接着又问，其实都不想说了。

"挺好的，家里的母牛生了。"

"哦，那挺好，你跟爸身体好吗？姐出去打工了吧。"要是他们身体不好，可就麻烦了。

"都好，你姐，隔壁村王二托媒婆来说媒，你姐也同意，看年底摆酒吧，到时候你可要回家啊。"我姐就要出嫁了，我有些不舍。

"妈，那个，之前我听你说姑奶奶家儿子娶了媳妇一直没生？是有这么回事吧？有他们电话吗？"我都不知道为什么，脑子里突然就闪现出表叔这两口子来了，而且这表叔长什么样都不记得了，大概我奶奶在世的时候带我走亲戚时见过。

我绝对是想把我儿子送走才想到了他们。游戏王说送人，我一直在考虑他的建议，但是，我得想个办法，必须是靠谱的熟人。

"是呀，你突然问他干吗啊？"我妈都觉得我太奇怪了。

"我一个同学老爸是老中医，听说很神，可以叫他们看看，电话号码告诉我啊。"我撒谎都不打草稿了。

"电话我没有，我得问下你爸。"说罢，我妈就把电话挂了，没过一会儿他告诉我电话号码了。

第二天，我打电话给表叔的时候，说了很长时间他才知道我是谁，再说不清楚就要把我误会成骗子了，最后把我爸学名、乳名，我奶奶都搬出来，其实我奶奶早已不在了，他才开始相信，嘘寒问暖，他内心定是非常诧异我一个晚辈怎么突然打电话给他。

憋了大半天，我终于把我孩子的事儿跟他说："表叔，其实，我有件事情想拜托你，又不知道怎么开口。"

"说，什么事儿，只要我能帮的，没问题。"表叔说得爽快，实则电话那头肯定在想，该不会是借钱吧。

我吞吞吐吐地说在学校和女朋友生了一个孩子，女朋友走了，我面临找工作，能不能先把孩子在他那里寄养一段时间，我负责费用，等过段时间再带回来给我妈带。

他一听，说："嗯，这个可以啊，估计你也听说了，你表嫂好多年没生，心理压力可大了，我们都快四十的人了，又很喜欢孩子，本来还想去领养一个，看能不能缓解一下心情。"

我一听，欣喜若狂，连连点头。

其实我心里在想，若他们一直没有生，南南就给他们当作养子也可以，我依然还是孩子的亲生父亲，这个事实改变不了，我会负责孩子的抚养费。

我们聊了一会儿，说好了时间，放下电话我就开始收拾东西了。

在一个阳光明媚的早晨，我找游戏王借500块钱，跟他说我把孩子送走，游戏王还真替我开心了一阵儿，二话不说，把钱借给了我。

次日我便带上嗷嗷待哺的孩子，还有剩余的三罐奶粉踏上了远去表叔家的列车。

车到山前必有路，柳暗花明又一村。这么一送，也许永远都回不来了。即便有万般的不舍，也是没有办法的办法，我的儿，长大以后千万不要怪我，爸爸也是不得已啊。

我的人生有这么一劫，也许是老天的安排，那么就勇敢地接受挑战吧。

第八章

误入歧途

七月的太阳炽热如火，足以把人烤熟。我终于还是顺利毕业，拿到了毕业证，回了趟家，没待几天又背上行囊，带着我妈给我的八百块钱，踏上了我人生的又一个征程。

　　我该去找工作了，我得给我孩子赚抚养费，我不知道一楠去哪里了，会去沿海城市吗？我记得她之前说和我一块儿去沿海城市，我每天都给她手机打电话，可现在已经不是无法接通，而是彻彻底底停机了。

　　于是，我去了广东。

　　我听游戏王说我们宿舍小凯，也就是我们全宿舍的衣食父母——每天在饭堂窗口三毛钱给我们打一大碗米饭的小凯，也在广东，他大四下学期就没来学校，说找到实习单位了，工资不错。这年头，毕业意味着失业，我们都羡慕嫉妒恨。

　　正在想这事，电话响了，我一接听，是小凯。

　　"肖铭，我听游戏王说你也来广东了？"说曹操，曹操就到。

　　"是呀，人生地不熟，刚到，正想找你呢。"我喜出望外，出门在外，有熟人还是好，至少有个落脚的地方。

　　"那正好，我来接你，告诉我你在什么地方。"小凯太热情了，我都不好意思了。

　　我站在火车站中央广场，仰望着高耸入云的大厦，每个玻璃窗户里似乎都透着一股职场变幻风云的气息，有一天，我也将是这里的一员，闪耀着白光，我美美地做着白日梦。

　　小凯过来的时候，已经是傍晚，夜幕降临，华灯初上。

我开始以为只有小凯一个，没想到一起来了三个人，本想请他吃个晚饭，看来请不起了，但也象征性地说："要不我先请你们吃个晚饭再走？"

"不吃啦，不用破费，你也还没开始上班，回宿舍吃。"小凯倒是挺善解人意的，知道我家境不好。

于是，坐上了他们一起开来的小面包车，从灯火辉煌的市里一直开，大概四十分钟后路边灯光越来越暗。

我问小凯："你们公司远吗？还要多久才到啊？"

"差不多还有20分钟就到，市里房租都太贵了，老板去年就把公司搬到郊区，包吃包住。"他另外一个同事告诉我。

我唯唯诺诺地点点头。

我们到宿舍的时候，已经是晚上十点。穿过几条巷子，左拐右拐，进入一个铁门，门"嘎吱"一响，锈迹斑驳，上楼梯，到处是垃圾、纸巾，似乎很久没人打扫。

我本想问小凯，公司住宿环境怎么这么差，但话到嘴边又咽下去了，小凯好心收留我，我还嫌弃环境差就有点儿说不过去了。

我们穿过长长的走廊，走到尽头那一间，他同事都很热心，帮我把行李放好。说是行李其实就一个包，里面装了几套衣服，还有一楠送给我的围巾。

灯一开，我吓了一跳，地铺上睡了十几号人，个个光着膀子，灯光刺眼，都眯着眼睛，抬起头看着我，然后突然鼓掌，说欢迎我，我有些不自在，腼腆一笑。

小凯领着我去了一个小单间，其他两个同事给我盛米饭，几个人一起在小单间吃着晚饭，饭菜一般，但我却觉得挺香，毕竟饿了。

洗完澡后，已经是凌晨一点，我躺下，很困，却无睡意。我手一摸，找手机想给妈打个电话，报下平安，左找右找，愣是找不到手机。

我一个人住在这个小单间，小凯他们全部睡了，当我想开门出去的时候，门已锁，我慌了神，这才想到，一路过来，感觉很不对劲。

我睁着大大的眼睛望着天花板，我知道，这下完了，我被带入了一个传销窝点。

大概是清晨时分我才缓缓睡去，眼皮子底下全是昨晚的回忆，像放电影一样。

我懊恼，又追悔莫及。我是太相信小凯，毕竟是我宿舍同学，以前关系也那么好，我压根儿就没想到会是传销，所以毫无防备之心。

我躺在一张搭着木板的上下铺上，黄黑色的草席散发出令人作呕的汗臭味，一个翻身，骨头和木板的碰撞发出"咯吱"的声音，我立刻弹跳起来，以为要塌了。

这时听到开门的声音，我镇定地坐起来，进来的不是我同学小凯，也不是昨天接我的同事，这个男人看起来三十岁左右，颧骨突出，龅牙，他自称是公司的主任。

我脑中一直在盘算，该如何逃出去。他一屁股坐到我旁边，眼窝深深地陷下去，乍一看像活生生的厉鬼，我吓得手心冒汗。

"听说你家庭条件不好？想找个工资高点儿的工作？"他发话了，声音似乎比外貌要好一点儿。

我点点头，没有出声。

"那么，你就来对了。"他一拍大腿，声音突然洪亮起来。

我吓一大跳，愣愣地看了他一秒。

他停顿了一下，手搭在我肩膀上："小伙子，这里能成就年轻人最辉煌的事业，理想有多大，舞台就有多大，有多少大老板是从这里出去的，你还不知道吧？马云说过，成功的路上是孤单的，没有人知道他背后的心酸，所以，你看这环境，我们要在恶劣的环境中锻炼大家坚韧不拔的意志……"

我的大拇指一直掐着我的手掌心，强迫自己镇定，镇定，再镇定。

他大概说了有半个小时之久，都是些泛泛而谈的口号，要如何如何努力，才能对得起家人，对得起父母的养育之恩，否则还不如去死，等等。他口水的泡沫星子都溅到我脸上了，他却浑然不知。

我眼皮子耷拉下来，毕竟昨夜几乎没有睡。他突然大声骂我："你听到没有？你会不会尊重人？我在跟你讲话呢？这一点都不懂，还怎么成就伟大的事业？"

我吓得赶紧点点头。

说完，他叫我去洗手间刷牙洗脸，我看到洗手间门口大家都在排队，他们刷牙很快，差不多一分钟不到就洗漱完毕，然后下一个接着洗，几个人共用一盆水洗脸。

我说要去楼下买支牙膏，我确实没有带牙膏，毛巾牙刷倒是带了，他说，洗手间都有，给我准备好了，我一看门口，站了两个大汉，衣冠整齐面无表情。

我心想，出去是不可能了。我环顾了一下四周，就一张桌子，昨夜的席子已经收起来了，我想写个纸条找机会扔出去，但找不到任何纸和笔，客厅墙上挂了一个小白板，写了几个字：新的起航。

轮到我刷牙，天呀，还有人给我挤牙膏，递毛巾，我一愣，非常不好意思，说了两个字："谢谢。"

他开口了："要说，谢谢我的家人。"

这是什么鬼？我在心里嘀咕，然后照着他说的做了。

吃早餐，大家围着桌子在地板上盘腿而坐，很不习惯，也不舒服，动碗筷之前，大家一起拍拍手，拍三下，异口同声："感谢家人为我们准备早餐。"

桌上一大盆稀饭，散发出一股大米发霉的味道，上面漂着几粒虾米，我勉强喝了半碗，喝完就想呕吐，这味道让我想起老家的猪食。

我终于明白，那个主任颧骨突出、眼窝深陷的原因了。

我从早上起来就一直没见到小凯和他两个同事，我问那个主任，他却说，他们三个是在另一个分公司，我"噢"了一声，没有反驳，我一直在盘算着如何逃出去，现在得先让他们放松对我的警惕。

大家吃饭都很快，一会儿工夫，桌上碗筷全部拿走，我观察了一下，十几个人，个个骨瘦如柴，有三个女孩，大约二十多岁，对了，我的手机就是昨天刚进来时，其中一个女孩告诉我在哪里充电的。

我问她有没有看到我手机，她说不知道。我心想，没戏了，肯定是被藏起来了。那个手机是游戏王给我的蓝屏手机，也不值什么钱，但是我害怕他们给我的家人打电话骗钱。我想拿菜刀拉住一个人威胁，再逃跑。我走到厨房，没有一把切菜刀。奇怪了，他们用什么切菜？

这时，进来一个高而瘦的男人，四十岁左右，还戴个眼镜，大家鼓掌："欢迎教授！"

教授？我心里一颤，这地方还有教授？

教授开始讲课了。

商法分为三种：一商法（挣得是中间环节费），二商法（利用被利用的关系），三商法（自己为自己打工自己做老板），他说："我们做的是三商法，模式是几何倍增学——人际口碑——直达送货。"

我一分心就被骂得狗血淋头："这位家人，你会不会尊重人，别人在上面讲，你在下面开小差，打瞌睡，我都为你父母丢脸，花那么多钱送你上大学，有什么用？我看有什么样的父亲就有什么样的儿子，难怪你就这副熊样……"

教授还这样出口成脏？直到后来，才知道，这都是他们内部自己人封的。

就这样，一个上午讲课不停歇，讲了三个小时，坐在下面屁股都坐痛了，尿急也不能上，讲完了才可以去，上厕所有人陪同。在这里，完全没有私人空间。

之后吃午饭，找话题，每个人不少于三分钟，中午有不同的人找我聊天，自我介绍，问我哪里人，喜欢什么，有什么特长、爱好。反复如此，我重复这些回复，差不多要爆炸了。

晚上睡觉，竟然没了昨晚的待遇，安排另一个男的跟我一起睡，天哪，一张1.2米的床，竟然要睡两个大男人？为了逃出去，让他们对我放松警惕，我也忍了。

又一夜没有合眼，凌晨时分迷迷糊糊睡去。我的腿一个晚上都被那个男的夹着，我开始怀疑他是变态，而且我们睡觉只能穿个裤衩，衣服全部打包装在一个蛇皮袋里，第二天早上再发给大家，难不成怕大家深夜逃跑？怪不得昨夜进来的时候，看到的全是打赤膊，然后突然着了魔一样鼓掌的人。

我很焦虑，我不知道何时能出去，难道我一辈子就如此吗？暗无天日。但此刻我人还活着，就有希望。

第二天吃过早餐，那个教授竟然没有来了，有另外一个又自称主任的过来，他安排大家做游戏，大家都认识，应该是常来的，就我一个新人。

大家见到他，都拍拍手，然后一一握手。

做游戏总比讲课强，这一天我很积极配合。这所谓的"公司"包吃，包住，包玩，还听讲课，想想，还不是那么可怕，过了四天，我竟然没那么焦虑了，难道就这么轻易被洗脑成功了？想想都可怕。

不！我一定要逃出去，这是我心底的信念，不曾改变。

说实话，上了那么多天课，还真不知道卖什么产品，天天讲成功学，洗脑，不停地洗脑，不停地有人找我聊天。

又是吃饭时间，十几个人围坐一团，你给我夹菜我给你夹菜，没人往自己碗里夹菜，说是培养奉献精神，帮助他人等于帮助自己。然后是争先恐后发言，有的讲成功人士的例子，讲得活灵活现，有声有色，抑扬顿挫。

有的谈论以后发达了去做什么，比如风风光光地去找以前的女朋友，让她后悔。有的讲述以前吃过什么苦，受过哪些罪，父母在家是多么辛苦，讲到动情时还一把鼻涕一把泪，听得旁人都哽咽。

吃饭讲话也是传销里的一种文化，为的就是渲染环境，营造气氛，这种气氛很多人不知不觉就会陷进去，我也曾一度陷进他们悲伤的故事里面去了。

我终于明白，为什么穷人越来越穷，都想通过什么途径和方法一夜暴富，比如现在，真的每天拍拍手，听听课，拉人头，卖所谓的产品就能一夜暴富吗？都活在童话里。

这些主任们，看我每天这么积极投入到他们安排的课程和游戏中，逐渐放松对我的警惕，我也仍然享受这包吃包住的待遇。然而，要来的终究是要来的。

第一个找我谈话的主任又来了，他问："怎么样了？有没有考虑好加入这个行业？你看我们的企业文化多好？我们是做健康行业的，促进人类社会的发展……"

我没出声，不知道他想表达什么。

"那个鸟叔，一曲《江南 style》几分钟赚几百万，你信吗？"他倒是很关注娱乐圈啊。

"我信。"我当然信了，正火着呢。

"那就对了，没成功之前没人会相信你，谁知道这骑马式、狗刨式的表演竟然那么火爆，我们也一样，你看清楚了，看准了，就去奋斗，要相信自己一定会成功。"他一只手又搭着我的肩，然后自己拍手叫好，像疯了一样。

我不知道这龅牙男怎么这么能说，干什么不好，非要干这个，还不如老老实实去做营销，对了，此刻他就是在对我营销。

"我们现在做的是健康行业，拯救人类的颈椎，每人交一万，就可以做代理了。"所谓的健康行业产品终于来了。

我说："没钱。"

这时，进来一个人，我的手机破天荒地出现了。

"没钱找家里人打过来，他们一定会支持你的事业。"那个龅牙男似乎一直都是唱黑脸的，冷漠，面无表情，口气带着几分威胁。

事实上，我是真没钱，我来广东的八百块钱还是我妈给我内裤缝了一个里袋，钱就放进这个里袋里了，我一直没有机会拿出来。我当时还怨她啰唆，多此一举。看来，我妈是对的。

按照他们的话术，写好一张纸条，我一一给几个同学打电话，还有亲戚，都没有借到钱。

无奈，他问我哪些朋友、同学在广东，约他们来，这下我明白了，小凯就是这样把我骗过来的，这也难为他了。

没有钱，也约不到人，那怎么可能白吃白喝呢？他们找我聊天，聊童年，聊上学，聊女朋友，聊父母，很走心的，目的就是激发奋斗激情。

第七天，那个龅牙主任继续找我聊，他们从我包里找到一张农村信用社银行卡，问我密码，我想里面没有钱，告诉他也无妨。

他拿着 POS 机一刷，果然没钱，几个人一起逼着我叫我父母打钱，还威胁我说要打电话给我父母说我被车撞了，住院要两万。

我慌了，一万总比两万少，我父母都是农村人，很单纯，肯定会相信的，而且东凑西凑，两万是能借到。

没办法，我硬着头皮给我妈打电话了，就说自己不小心撞了车，需要住院，打一万块。我讲的话，我妈当然信了，第二天便把钱打进了我的银行卡，他们很快就刷了钱拿走了。

我欲哭无泪，我不知道这何时是个头，会不会这样没完没了要钱？无论如何我该想个办法逃出去了。

第九章

逃离

我的手机，打完电话就被没收了。我突然有种想杀人的念头，首先，踩死晚上跟我一起睡觉的人，我比他高大，打赢他是没问题，然后冲出去，把客厅守门的两人一脚踢开，冲下楼，喊救命。但是，楼下铁门是锁着的，我很难爬出去，即使能爬，很可能也会被抓回来。

这么一想，觉得不可行，如果强行逃跑又抓回，必定更难逃跑。

那只能静静地等待机会，而这一天终于来了。

那个教授说，凡是交了钱加入代理的新人需要安排去另一个地方上课。我喜极而泣，偷偷地抹了一滴泪，守得云开见月明，终于要出去了。本想从包里找下身份证，但怎么也找不到，估计被他们藏起来了。

那时早上不到八点，我被一个女孩挽着手下楼了，后面跟了两个男的。

我一直在观察什么地方适合逃跑，这女孩把我拽得紧紧的，巷子七拐八拐，这么早，也没什么人。

他们故意走偏僻的巷子，往人少的地方走，终于走出了那条长长的巷子，要过一条马路，我看到对面有一个药店，一家小超市，还有一排没开门的小商铺，这时红灯亮了。

我们在路口停下来，我看了下挽我手的女孩，对她微微一笑，突然低头吻了下她的额头，她有些害羞，松了一只手去擦了一下额头，我奋力一甩，我 1.8 米的个头，打篮球的身段不是白搭的，他们三个还没来得及反应过来，我便已经冲向红灯，这时一辆大货车开过来，我箭一般的速度冲过去。

大货车死死地把他们挡住了，我一直跑，一直跑。

过了红绿灯，我一回头，差点一个趔趄跌倒。

大货车开走的一瞬间，两个男人奋力追向我，挽手女孩站在原地打电话，我猜想是在搬救兵。我浑身使出吃奶的力气，用尽当年体育课百米冲刺第一名的速度奔跑，我是农民的儿子，要拿出农民种庄稼的精神，我内心疯狂地叫喊：逃命吧，少年！

我非常明白，如果此刻不逃，也许再也没有机会了。

我冲进那个小超市，幸好里面人满为患，都是些老头老太在生鲜区抢特价菜和鸡蛋，我钻到人堆里，发现那两个人没有跟进来，我担心他们搬救兵，我半蹲着，偷偷溜进熟食操作间，大清早的似乎里面还没有人。

这时，听到外面有脚步声，我以为他们过来了，这里无处可藏，只有一个大冰柜，我打开一看，里面放满了杀好的鸡。我没多想，直接钻进去，一阵寒气逼来，我冷得直打哆嗦，这下不是吓死就是冻死，我把冰柜门半掩着，露出一条缝隙，冷气像烟雾一样飘出去。

听到脚步声，我大气不敢喘，忽然脚步又停了下来，往那边灶台走去，之后又折返，我眼皮上的睫毛全是霜，浑身打战，我只穿了一件衬衣，直打哆嗦，估计嘴唇已经开始发紫了。

这时，那人拿着一个锅铲敲了一下门，他发现竟然还有一条缝隙，用手一拉，四眼相对，幸好不是那两个追我的人，他看我这熊样，突然想笑，又严肃地问我："你鬼鬼祟祟跑这里干什么？你想偷鸡？"

我一滚就出来了，浑身散发出寒气，冒着烟。

"请问你在这里工作吗？快帮我报警，外面两个人在追我，我从传销窝里逃出来的。"我哆嗦着嘴唇，用祈求的目光看着他。

这是一个二十多岁的小伙子，和我年龄相仿，看样子，听口气是这里上班的。

"我怎么相信你说的是真的？先跟我去办公室。"说完，扭头就示意我跟他走。

我心想，去办公室比待在冰柜里强多了，于是跟着他出来。办公室不大，在仓库旁边，里面有一个大屏幕，各个角落都能一览无余。

嗒，原来是监控室，里面还坐着一个人。

"说，为什么藏里面？"那个坐办公室的，貌似是领导的人发话了。

"我是从传销窝里逃出来的，有两个人在追我，没办法只能藏到里面去了，能不能借你电话报个警？"我毕恭毕敬地跟他说话。

他看了看我，浑身上下打量了一番，我拍拍裤兜，表示什么也没有。我接着又说："刚刚是从对面城中村农民房传销窝点逃出来的，身上什么也没来得及拿，还有人在外面追我，所以躲到冰柜里面去了，我真的不是去偷鸡的。"我连忙又解释。

他看了看我，不说话，似乎相信了我的话，然后给我拨了号，把手机给我，示意我自己报警。

大概二十分钟，三个警察开着敞开式的电瓶车过来了。我心想，三个人这装备如何捣毁一个传销窝点？

"先跟我们回去做笔录，上车！"年龄大一点儿的警察跟我说。

"那个，警察大哥，不如我先带你们去那个地方，否则他们都逃跑了。"我很着急，毕竟我的手机、身份证、衣服都还在那里，如果他们逃跑了，我的身份证和手机全带走了怎么办？

"别啰唆，先做笔录。"似乎没有商量的余地，直接叫我上车。没办法，只能去了。

来到派出所已经是二十分钟之后了，做笔录前前后后差不多半个小时，记录笔录的不是带我上车的人，是办公室专门录资料的。

当录完资料，我出来，拿着一张报警回执，那几个警察大哥已经不见踪影，我折返办公室，问其他人，说又出警去了，我一挠头，问："那我报警了你们还派人去抓吗？"

"你现在不是没事了吗？我们会安排人去的。"我无语，实际情况比我描述得要严重十倍百倍。

我蹲在门口，饥肠辘辘，毕竟一周没有吃上好的饭菜，身上没有身份证，我寸步难行，我捏了捏裤头，幸好那八百块钱还在内裤的里袋里，突然觉得我妈太聪明了。

我抬头看了看天空，活着多么美好。

此刻，无论如何总比待在那个暗无天日的地方强，我不敢自己一个人回去拿东西，怎么可能刚逃出狼窝又要一个人回去呢？

太阳高照，晒得头皮都出油，多久没洗头了？好像七八天了，一股馊味自己都觉得恶心。

我突然很想一楠，她此刻在哪里呢？是不是也和我一样遇到这样的遭遇？不辞而别就消失了，她一个女孩子如果跟我一样，怎么能够逃出来？我一定要拿到手机，我心里坚定地想着。

等那几个警察大哥回来的时候，已经是一个小时之后了，我的腿都蹲麻了。

"警察大哥，我带你们去那个出租屋吧，我的身份证和包都在那里，没有身份证我走不了。"我几乎用祈求的目光。

"走。"三个人骑着敞开式电瓶车拉着我去了。

巷子七拐八拐，我感觉有些记不清，幸好出来时，我留意了很多建筑物，最后还是找到了，当我们冲上楼，早已人去楼空。

我的衣服还在，一楠送给我的围巾也还在，但身份证依然没找到，手机也不见了，我不甘心，总觉得在一个地方藏起来了。

警察大哥拍了几张照片，准备走人，我祈求他们再找找看。"就这么点儿地方，哪里找？"警察对我有点不耐烦了，朝我吼起来。

我冲到洗手间，左看右看，发现顶上的铝扣板有一块儿被动过，我踮起脚，伸手一摸，"哗啦"一声，有十多张身份证掉下来，我惊慌地扒开一看，幸好有一张是我的。

我捡起来，像宝贝一样揣在兜里，但手机彻底找不到了。我扫视了一眼小房间那张床，黑黄的草席散发出恶心的味道，很难想象这一周我是怎么过的，仿佛过了一年。

这是我这辈子毕生难忘的经历。

无论如何，我得离开这个地方，对了，它叫番禺。

警察大哥把我送到火车站就走了，我清楚地记得那个夜晚，小凯和另外两个人把我从这里接走，我突然心一慌，似乎感觉到有无数双眼睛在盯着我，后背一凉，转身一看，第六感真的太强烈了，果然看到远处那个龅牙颧骨突出的主任朝我这边追来，我惊慌地冲进检票口，逃也似的离开了那个做梦都想逃离的地方。

第十章

你好，深圳

又是一个夜幕降临的傍晚，华灯初上，灯火辉煌，我来深圳了，这个成就了无数年轻人梦想的改革开放沿海城市。走出站台，一眼就能望见那高耸入云的地王大厦及扑面而来的海关大楼。

茫茫人海，我该往哪里走？我有点儿茫然不知所措。

"小伙子，去哪里？打车吗？"一位开着红色的士司机摇下车窗，招手叫我。

我摆摆手，告诉他有人接我。而事实上，哪有什么人接？我不想坐的士，陌生的车辆使我害怕，我担心从一个狼窝逃出，又被带入虎穴。

我在旁边报刊亭买了一根热狗、一份报纸、一张地图。

"小伙子，刚下火车？第一次来深圳？"报刊亭大叔一看我这样子，便知道我人生地不熟，刚才的一幕他尽收眼底。

我点点头，开始大口地吃着热狗，就着一瓶矿泉水。我问大叔哪里可以住宿，然后我又找他买了一盒方便面，他竟然还给我开水，我站在那等待泡面的时间，和大叔聊起来。

他告诉我附近有便宜的旅馆，最便宜的 50 元一晚，上下铺，住 8 ~ 10 人，我诺诺地点点头，表示感谢。

这是我踏出大学校园走入社会学到的第一堂课，也是我自己突然就悟出的道理：你若想别人帮助你，首先，你得先付出，比如买人家的东西，他才会给你有需要的信息。

这个社会从来没有不劳而获。

我背着一个简单得不能再简单的包，按照大叔的描述，过了马路，沿着巷子往里走，大概 100 米右拐，再走 500 米，里面基本是民房，确实好多地方挂了牌子：住宿。

我心里一度很忐忑，但，没办法，到这份儿上，必须赌一把，否则今晚没地方落脚。

"住宿吗？小伙子。"黑暗的灯光下，一个妇女举个牌子，看我背个包，就知道我找地方住。

"是的，大姐，多少钱？"我估摸着她三十多岁的样子，称呼大姐准没错吧。

"单人间 300 元，两人间 200 元，八人间 50 元，你要哪一种？"她仔细给我介绍。

我听着感觉也不像是要把我带入虎穴的样子，我捏了下裤头里的钱，确保钱还在，我跟说她要八人间的。

她领我进了一道铁门，我心里咯噔一下，有阴影，之前骗去传销，不就是进了一道铁门嘛，不过，我马上发现，铁门边上还坐了一大爷，那就是看门大爷了，我紧张的心又放下一半。

"小伙子，你放心，我们这儿安全。"大姐看我紧张兮兮跟着后面，早已看穿我的小心思了。

里面还挺大，一个小院子，有好几栋，类似于工厂厂房宿舍那种，楼已经有些旧了，很多生锈的铁架床靠墙而放，任凭风吹日晒。

上了三楼，她把我带到其中一间，推开门一看，住满了人，个个打着赤膊，有三个人围着桌子斗地主。

"喏，就这里，八人间，最后一张床，上铺，你准备住几天就先交几天的钱。"她一边给我开收据，还看了我的身份证。

我给了她 150 元，准备先住 3 天，找到工作马上走。

我拎着包走到最里面的上铺，三个斗地主的瞄了我一眼继续吆喝着，另外三个躺在床上，一个在打电话，一个在看手机，一个睡着了，打着呼噜，还有一个在洗手间。我看他们个个不作声，我也不好意思开口。

我默默地爬上床，手枕着头，睁着眼睛静静地看着天花板，一只小蜘蛛在不停地拉丝织网。

对了，我该给我的家人打个电话，再买点儿洗漱用品，于是又下楼了。

出门在外，没有手机，寸步难行。我在楼下的公用电话亭给我妈打了个电话，告诉她一切都还好，另外谎称手机丢了，若有人打电话要钱千万不能再给，但我没有说我之前是被骗进传销，因为我不想让她担心我，毕竟现在已经没事了。

"嗨，游戏王，在干什么呢？"我又打电话给游戏王，我想把这件事告诉他，不想让更多的同学再受骗。

"哎，肖铭啊，我打你电话都关机的，怎么回事啊？你工作怎么样？"电话那头传来游戏王熟悉的声音，我还挺感动的，他这么关心我，还帮了我不少忙。

"别提了，我从广州来深圳了，逃出来的，都是那小凯害的，骗进传销组织了。"我赶紧把这事告诉他，免得祸害更多人。

"天哪，他今天还打电话给我，问你有没有跟我联系，我说没有，他就挂了。前几天也打电话问我哪些同学还没找到工作，我还在想，他怎么这么热心啊……"游戏王听到这个消息，比我还震惊。

这小凯真是陷进去了，没得救，我真替他惋惜，他估计料到我逃出来一定会打电话给游戏王，然后暴露他。

"再打电话给你，千万别信，真可怕，我手机都被他们没收了，我那个号码要想办法停机，你有办法吗？现在我是用报亭公共电话打给你的。"我着急过头了，我没有想到，没有那个号码，我就彻底和张一楠失去联系了，她如果打电话就找不到我了，可事实是，她会找我吗？我真不知道。

就这样，游戏王，听我说没有手机，身上也没多少钱，他给我卡上打了一千块钱。这事儿我一直记在心里，特别感动，心想有一天发达了，绝对不会忘记他。

当我再回到那个八人宿舍的时候，已经是深夜十一点，我洗漱完毕，爬上床就睡了。

尽管也是木板床，但这一夜，真的睡着了，特别香，还做了个梦，梦见张一楠也来深圳了，然后我们一起找工作。

当清晨第一缕阳光透过斑驳的墙壁射到宿舍的时候，我已经睁开双眼。

这是我来到这个城市的第一个早晨，我对着远处的高楼，默念道："你好，深圳。"

"喂，兄弟，你也是来找工作吧？"我隔壁上铺找我搭话了，他看我刚醒来呆坐在床上，忍不住问一句。

"是的，你今天不住了？找到工作了？"我的眼角上还粘着昨夜的眼屎，用力一戳，睫毛拔下一根，生疼得厉害。

朦胧中看他在收拾衣服及洗漱用品，估计今天要走了。

"嗯，昨天在人才市场找到一份工作，服装厂车位工。"他说话的言语间带着几分喜悦。

"不错哦，这是个技术活，恭喜你啊，人才市场怎么去？"我一听，觉得这个主意不错，今天应该去人才市场看看。

"没办法，要养家糊口，没有学历，初中毕业就一直在外打工，服装厂待了五六年了，别的不会，只会做衣服。"他话里话外都透着一股老江湖的味道，人看起来虽小，却不知岁月是如何将一个如我年龄般的人风霜成小老头的模样。

"对了，你要去人才市场的话，我告诉你怎么坐车，那里人山人海，可以去看看，但大部分是工厂，好一点儿的岗位几乎都在网上找工作了。"他拿出一支笔，嘴巴一咬，笔盖子叼在嘴里，然后从包里掏出一个本子，手飞快地画着，一撕，扯下一页递给我，动作娴熟麻利。

我毕恭毕敬地接过他给我的地址和坐车路线，连说了几声谢谢，这是我来到这座城市感受到的第一缕温暖。

这一来二去，突然就熟络了很多，没那么拘谨了，他来自江西，一个憨厚老实、不耍滑头的小伙子，内心透着一份纯真。

"我看你是个刚毕业的大学生吧，挺好的，有文化，有学历。我得走啦，八点之前要去工厂报到，祝你好运。"说罢，拎起包，拍着屁股出门了。

我知道，茫茫人海，告别之后，也许我们以后再也不会相见。

其他几个人有些还在呼呼大睡，有些早已出门了。我呆望着他离去的背影，也许我明天也可以不住这儿了。这么一想，纵身一跃，下床洗漱。

我背着包，带上毕业证，还有那个张一楠陪着我费了九牛二虎之力才拿到的英语四级证书。此刻，我是多么想她，心底涌起一阵痛，一直不明白，为什么她就突然消失了，可眼前，我需要谋生，得先把儿子养活。

按照江西老表给的纸条，我乘车来到人才市场，人满为患，进去先交 10 元入场费，不算多，还能接受。我在前台拿了 10 多张表，半蹲着趴在桌子上全部填完。

每个格子间一家公司，每个公司挂着岗位，好不容易轮到我，我双手把简历递给面试官。

"刚毕业？没工作经验吧？"面试官两眼一扫，一秒钟看完简历。

"是的，今年刚毕业的，经济管理专业。"我回答。

"没经验的，我们暂时不招，谢谢你，下一个。"他一脸严肃，简历立刻推回给我。

我一脸茫然，怏怏地退出人群，四处张望，又重新去其他格子间排队应聘，差不多一个上午，毫无收获，要么就是暂时不招没有工作经验的，要不就是回去等通知，没有一家面谈超过一分钟。

之前几次校园招聘，那时候也几乎没有状态，从张一楠怀孕、生产、带孩子，一切焦头烂额，有两家通过初试，后又以受到处分为由刷下来了。

差不多快中午十二点，我拿着最后一份简历走到一家做超市连锁的公司，我认真地看着招聘岗位：营业员、收货员、防损员、收银员、储备干部(应届生)，我欣喜若狂，终于有公司要应届生了，准备拿简历，却发现他们已经开始收摊走人了。

"你好，我想应聘你们那个储备干部可以吗？"我急迫想得到这份工作，顾不了这么多。

"我们招聘已经结束了，负责人周经理已经走了。"那女孩不紧不慢，微笑着，露出两个不深不浅的小酒窝，梳着一个高高的马尾，青春阳光。

"那你能帮我把简历先收了吗？回去再帮我给你们周经理？"我吞了下口水，清了清嗓子，发出我认为比较有礼貌略带磁性的嗓音。

她迟疑了一秒，看了看我，说："好吧。"

其实，我是想逼迫自己上午把这十份简历投出去，不管成功与否，先投出去再说。

那时，刚考上大学的时候，父母都以为终于有盼头了，拿到录取通知书第二天，父亲召集乡亲们磨刀霍霍向猪羊，杀了一头猪，宰了十几只鸡，那架势比古代科举金榜题名还要隆重。

如今，在这个人才市场里面，我却突然发现这张毕业证还不如一个车位工有用，一个大学生算什么，多如牛毛，心情如浇灌了一盆冷水。

我从门口的三轮车里买了一个盒饭，菜只有一个味道：咸，卖饭的俩夫妇可真会做生意，这样一盒饭竟然卖20元，还得排队。然而，我刚买完，城管带着大批人马过来掀摊子，菜洒了一地，卖饭的夫妇俩拉着车子落荒而逃。

我快速挪到旁边，一边看着夫妇俩弓着腰远去的身影，一边打开盒饭吃着，城市讨生活，真是不容易。

我三下五除二吃完，实在有点难以下咽，点燃一根烟，突然呛了一口，咳嗽得厉害，其实我还不太会抽烟，只是觉得，是不是抽了烟，就显得更成熟？好吧，我承认想让自己显得更成熟一点。

大学做了两年临时促销，为了赚足我和张一楠的房租，我还兼职了两份工作，所以我想，我是有工作经验的，那么，学历干脆写高中毕业吧，工作经验写四年，先解决眼前找工作的燃眉之急。

这么想，豁然开朗了。

下午，我又重新交了10元入场费，填了10张简历，其中两张简历修改了最高学历为高中，工作经验四年。

无果。

第二天，我又去了人才市场。

果然，功夫不负有心人，一家做大米生意的贸易公司看我简历有四年促销经验，当场就录用我，安排到商场做导购，次日上岗，不包吃住，工资为底薪1200元＋提成＋完成任务奖金。

我终于得到了第一份工作，当然，也意味着，在没有找到房子之前，我还得继续住在那个鱼龙混杂的集体小旅馆。

第十一章

初入职场

第二天我就去报到上岗了。

凭着我大学两年商场兼职促销饮料的经验，卖大米那也是轻而易举的事情，疯狂叫卖，了解各种米的特性、口感、产地。遇到老头老太太，主动跟他们说，我能帮忙送货。

正常上班时间每天八个小时，但我却上了十个小时，早上八点到晚上八点，中午和晚上半个小时吃饭，因为我的工资大部分要靠提成，我还想再努力一把，拿到奖金。

我每天拖着疲惫的身子回到那个小旅馆，已经住了一周了。

这一天，我进屋后，发现那三个斗地主的又开桌了，每天如此，说实话，不知道他们为什么不上班，也不好意思问。

已是深夜凌晨两点，他们还在继续吆喝，我塞住耳朵也几乎没用，于是试着说："兄弟，我明天还要早起上班，大家能不能先休息了？"

"睡你的觉，别啰唆。"脸上长着络腮胡子的男人发话了，他叼着一根烟，烟灰一弹，落了一地，整个屋子，烟雾缭绕。

看他那德行，我不说话了，毕竟人生地不熟，出门在外，多一事不如少一事，退一步海阔天空，心里默默地数着羊，慢慢入睡了。

朦朦胧胧中，我突然听到争吵，不一会又听到掀翻桌子的声音，我挺起身子，抬头一看，有一个人倒在血泊中……

"天哪！杀人了。"我大叫了一声。

对面床，有人拨了手机报警，当警察到来的时候，那个叼烟的络腮胡子男人已经跑了，很明显，是他杀人了。结果全宿舍人员都被拉去问话做笔录，那个倒在血泊中的人到底是死了还是活着，我全然不知，回来时，已经被 120 接走。

我一看手机，已是凌晨五点，已然没了睡意，洗漱完毕后，我收好衣服，带上行李，离开了这个是非之地。

"肖铭哥，这么早，还背个包干吗啊？来，帮个忙。"阿霞招着手在收货通道叫我，旁边一大卡车货，正在卸下来往里拉，一卡板一卡板放到堆头。

我看她一小姑娘吃力地拉着货，额头上渗出豆大的汗珠，赶紧上前帮忙。

"哎，阿霞，我想租个单间，知道哪里有出租吗？便宜点儿的，远点儿也没关系。"我背个包，一边给她推车，还不忘记逢人就问哪里有房租，否则今晚就没地儿住了。

大米摆放位置的对面就是卖洗护类产品，阿霞做沐浴露促销，我虽然才来一周，但我嘹亮疯狂的叫卖声，几乎周边促销员都认识我了，男促销也少得可怜，像我这样长得高，五官也算端正的男促销员就更是屈指可数了。物以稀为贵，我自然成了她们群体中的红人，因为我有力气，能帮她们拉货，上货架，自然，但凡有顾客需要大米，这些小姑娘都把人带到我这儿来。

"南苑新村估计有，你今天上早班，下午准时下班，早点儿去找找，听说一个小单间 300 块一个月。"她一边抹着汗，一边回头告诉我。

阿霞在这个店干了两三年了，对附近也算熟悉，我点点头，对她说了声感谢。

早班到点我就走了，今天第一次准时下班，背上行李飞速往外跑，去了南苑新村，与上班地点隔着两个公交站。里面几乎全是民房，网线、电线随意乱拉，垃圾苍蝇满天飞，每一栋墙面都贴满广告牌、名片、招租、招聘、担保，与外面的高楼形成鲜明的对比。

落日时分，终于寻得一小单间，有洗手间，阳台上有个改造的小厨房，房间只有一张床，租金 300 元，押一付一。幸好游戏王打了 1000 元给我，买了个二手手机后还剩 600 元，我妈给我的 800 元还剩下 300 元，节约一点，这个月是能撑下去的。

从此，我早出晚归，每天走路 20 分钟，第一个到店，做卫生，擦堆头上的灰尘，到后台查看数据，疯狂叫卖，送货。

次月，我完成了区域给的最高任务，也被评为商场最优秀的促销员。拿到了 4500 钱工资。

发了工资的第二天，我便打了 1000 块给我爸妈，给我远方表叔打了 1000 块，算是给我儿子的奶粉钱。

一天，公司区域经理巡店，来到堆头找我说："肖铭，没看出来啊，你做得这么好，这么一间小店，我们大米销量能起死回生，以前这个店，我们都不想招促销员，销售利润养不起一个促销，还要倒贴。"

我有点不好意思，挠挠头。

"这样，下个月开始我安排你到一个大店，是全国连锁，人流量也高，那个店目前我们大米销量也不行，安排你去，把它做起来，做好了，奖金和提成更高。"他拍拍我肩膀，似乎胸有成竹，好像料定我定能把它做起来。

可我房子才租啊，又不能退，一退押金就没了。

然而，为了能拿到更高的提成，一周后，我还是答应了，听从了经理的安排，调到另外一个商场，只能早点起床，每天坐 30 分钟公交上班了。

去那边上班的第三天，商场安排新员工促销培训。

走上社会又有幸坐下来听课，似乎又回到了校园的感觉，叽叽喳喳，乱哄哄的声音混成一团，这时一个穿白色裙子女孩进来，头上梳着一个高高的马尾，手里拿个 U 盘，轻轻地走到讲台前。

这个人我在哪里见过？我使劲儿地回忆，拍了一下后脑勺，对了，人才市场。

一种奇妙的熟悉感突然涌上心头，似乎是一个久别重逢的朋友，在某个地方突然相遇，然后问对方：嗨，原来你也在这里？

我双手托着下巴，静静地看着这个身着一袭白裙的女子，哦，不，是培训老师。我似乎看到了张一楠的影子，当我发现这一点时，突然震惊起来，再细细一瞧，终究不是张一楠，一楠的两个酒窝更深一点，而这个培训老师身上散发出职场女性的优雅。

她也许忘记了上次人才市场我急迫硬塞给她的简历，或者她帮我交给了招聘经理，但是，当垃圾一样扔了，抑或还没有开始翻看，还静静地躺在文件夹里。

然而，这不重要了，因为我已经找到工作。世界太小，竟然在这里又相遇，是偶然，也是必然。

她在这里上班？我陷入了无限的想象中。

"后面那位同学，喂，坐最后一排的那位高个子男同学……"我一惊，从她两片朱丹色薄唇里飘出洪亮的声音，应该是叫我吧。

我愣愣地站起来，四眼相对，她皱了下眉，很显然，她似乎也感觉在哪里见过我。

她停顿了一秒，清了清嗓子："你说说，商品陈列的几个原则是什么？"

我一惊，没想到问这么专业的问题，我挠了一下头，我记得在大学做兼职时，好像听过，先来的货先卖，上个月，区域经理跟我说，堆头一定要饱满陈列，才能勾起顾客的购买欲望。

"嗯，先进先出，饱满陈列，物签对应，一物一签……"我似乎再也想不出来了。

"嗯，很不错，你讲得这几个点都是对的，但不全。今天呢，我们的课程就是来跟大家说说，企业的文化和商品陈列的几大原则……"她停顿了一下，示意我坐下。

她打开投影仪，接着，一张张漂亮的PPT出来了，做得很精致，像她本人一样美。

"说原则，可能大家会觉得很枯燥无味，但是，我们换一个思维，假如，你想把自己的销售额提升上去，你的货该怎么摆放是做好销售的第一步……"她的声音抑扬顿挫，柔中带强。说实话，虽是理论知识，但结合实践，应用于实践，那是相当受用。

下课以后，我屁颠屁颠地跑过去："李老师，还记得我吗？"

"我也觉得在哪里见过，但一时想不起来。"她完全没有老师的架子。

"人才市场，还记得吗？"我恳切地说着。

"哇，对哦，想起来了，好巧啊，你怎么做促销了呢？我记得你上次想面试我们公司储备干部。"她眼里闪着光，眼珠子上下滚动，水汪汪的，如一颗仲夏之夜的葡萄，黑溜溜。

突然想起罗大佑的歌曲：

乌溜溜的黑眼珠和你的笑脸

怎么也难忘记你容颜的转变

是的，她和一楠有着相似的黑眼珠。

一来二去，我们熟络起来，她叫李茵，人如其名。她告诉我，我的简历当天就拿给招聘部的经理了。

我甚是感激，虽然遗憾，但了解到，他们公司所有储备干部均是在卖场实习，所谓实习就是当营业员、收货员、收银员、杀鱼、卖肉……

这活儿，和我现在岂不是一样？好歹，我不用杀鱼卖肉，最多扛一袋大米到五六楼。这么想，我便释然了，似乎找到了心理平衡。

曾经，我们幻想着大学毕业后寻得一份光鲜亮丽的工作，如电视剧里那般西装一穿，领带一打，公文包一拿，物业保安、小妹毕恭毕敬为你开好电梯，来到十几二十几层，包一放，坐在那大班台后面的旋转椅子上，透过落地窗，俯瞰川流不息的地面人群，看他们如同小蚂蚁一般……

对，这就是我幻想毕业后的工作该有的模样。

然而，一个经济管理专业的本科毕业生，为了快速寻得一份工作，不得不写高中毕业、四年工作经验才得以在这个城市落个脚。

第二天的培训，是消防安全，李茵没有来。

后来的几个月里我几乎没有再见到她，或许是因为我天天在卖场促销大米，我几乎只待在我的地盘。

我提议公司做免费试吃，但公司不给我提供电饭煲，我自己买了一个，现场煲饭，免费提供给客户品尝，因为我相信，好的大米，顾客品尝后一定会购买，口感绝对不一样，而且吃过好米，不会想买散装粗糙大米。

自己买得便宜电饭煲终究是没有品牌电饭煲好，于是，我找到家电部做电饭煲厂家促销员商量，一起联盟做活动，我出大米，他们提供电饭煲，既能提升他电饭煲销量，也能增加我大米的知名度。

深夜，我在那个狭小黑暗的出租屋里，为自己突然想出来的方案拍手叫好，一夜未眠，写下这个方案。

果然，效果超乎想象，尤其是大叔大妈，喜欢凑热闹，这是中国人的消费习惯。付出终究是有回报的，有舍才有得。

我连续三个月获得商场优秀促销员光荣称号。

那一天，全体员工、促销员季度大会，清晨七点半在店门口召开，四五百号人，站在那里黑压压一片，台上一片忙碌的身影，搬桌子，上礼品，此时主持人上台了。

那是李茵，我有些激动，几个月不见，从夏天到秋天，依然一袭白裙，披了一件小外套，束起的马尾在风中飘扬，一缕刘海沿着额头夹在耳后。

她让我上台发表感言，我这笨拙的嘴，激动得难以言表，记不清自己说了什么，站在台上和站在卖场，完全是不一样的体验。

李茵看我有些小紧张，一直在旁边鼓励和提示我，下面传来阵阵掌声，我把平时自己做促销的心得和体验都分享给大家。之后，总经理上台颁奖，一一跟我们握手，一个厂家促销员得到总经理的肯定那是相当难得。

正巧，开会结束后，我的区域经理过来巡店，看这销量，开心得不得了，给我送来了奖金和提成。

捏着来之不易的钱，我数了又数，那是我喊破嗓子，绞尽脑汁，肩上扛了无数大米的成绩。

然而，数完钱之后，经理告诉我，任务要增加。正常情况年计划或半年计划已做好，看我这么努力能突破计划，紧急着又临时加重任务，加任务意味着需要完成的任务加大，没有达到那个量就没有奖金，也就是说我同样努力，甚至更努力但得到的工资比原来低，这么一想，我的心情很不美丽。

我又能怎么样呢？我能甩手不干？我目前没有这个资本。于是默默地接受了。

果然，次月，我更加努力，付出的时间比原来多三分之一，我拿到的提成和奖金还没有原来多。

我有些气馁，这天中午，我不想加班了，我准时准点去负一楼员工餐厅吃饭，那些饭菜是超市熟食部提供的，我们买卡充值，6~8元一份儿盒饭，也有好点的10元一份儿，价格和外面比起来是相当便宜。

我为了省钱，我天天吃6元一份儿的，一素一荤，一份儿免费海带汤。

"嗨，肖铭，你也在这吃饭啊？"我身后传来熟悉声音，抬头一看，是李茵。

"李老师好，这么巧，也来吃饭？"我有些小激动，毕竟她是我在来这商场之前唯——一个熟人了，总觉得有不解的情愫在里面，所以显得格外亲切。

我立刻站起来，然后给她挪了个位子。

"我们公司计划培养一批预备主管，从实习储备干部选拔，你有没有兴趣？我给HR周经理推荐提名，我觉得你销售做得这么好，你有这个能力。"她一边打开盒饭，一边慢慢地说。

我一听，心情非常激动，嘴里的饭使劲往下咽，准备说话又呛了一口，喝了一口汤，清了清嗓子："李老师，你说的可是真的？我不是你们公司员工，可以吗？"

"我先给你推荐一下，应该问题不大，关键是因为你这半年来突出的销售表现，我相信你们粮油部主管也是非常看好你的，若哪一天你被调走，他肯定舍不得。"她微笑时，嘴巴一抿，两个酒窝就出来了，像极了一楠，我有时候会精神恍惚，以为眼前这个就是一楠的化身。

她叫我重新再做一份简历给她。虽然储备主管工资目前固定的，没有提成，比我做促销也许更低，但我明白，这是一个机遇，而且，她是这批储备干部的培养导师。

下午下班以后，我先去了一个网吧，重新写了一份简历，经济管理本科毕业，保存到我的邮箱。紧接着又去了一家打印店，找店老板给我打印两份简历，拍了一寸蓝底照片贴上，大功告成，我觉得这才是我真正工作的开始。

生命中能遇到这样的贵人相助，是我这一生的荣幸。

第十二章

升职记

次日一大早，我把简历送到李茵的办公室，没想到她早早地就来上班了。

交给她后，我一路小跑下楼，连走路都感觉脚下带风，吹着不知名的口哨，双手插在裤兜里，晃晃悠悠来到我的大米地盘，也许这是我在这里的最后岁月，我得使出本领，让我的区域经理后悔去吧，我得意地想着。

其实，我应该感谢他，在我最困难找不到工作时，他录用了我，不至于让我冻死、饿死、流落街头，并让我找到体现自我价值的机会，这段岁月和经历将是我人生中不可缺失的一部分。

我偷偷地写了一份离职报告，同时编辑了一条短信，保存在草稿箱，在李茵通知我下周就可以办理入职手续，参加为期一周的封闭培训之时，我把短信发出去了。

然而，区域经理开始百般好言相劝，再后来恼羞成怒，坚决不放我走，并以扣压工资来威胁。

我终于明白，为什么以前他的大米销量不好，因为，没有一个好的制度和人才培养的机制，又临时加任务，压低工资，并且没有人文情怀。

不发工资我也得走了，天要下雨，娘要嫁人。我不能失去这个机会，于是，我白白干了一个月。

虽然，我是从一个促销员转岗提拔上来的储备主管，但我的人生被迫走上了其他同事不曾走过的路，我比别人有了更多的经验和体会以及实际可行的操作方法。

很快，我跟着粮油部主管管辖手下二十来号人，学到很多管理知识。职场如战场，机遇和机会并存，真的，非常感谢李茵对我的举荐和培养，她是我生命里的贵人。

都说每一个人在成功的路上都有一位良师益友，或遇上贵人相助，若是我能成功了，那这个贵人必定是李茵，对她的感激之情无以言表，也许还有仰慕和爱慕。

是因为她像一楠吗？我也说不清，其实，她比我才高一届，刚来公司一年，985 高校毕业生。

可我有资格去喜欢她吗？我觉得我此刻还配不上她，这种情感只能深深地埋在心里。

那么，我只能迅速成长。

都说，最真实的感情羞于表白，最深刻的体验拙以言词。我的心在隐隐作痛，我的一楠呢？这是不是对一楠的背叛？

一楠到底去哪里了？我给她的舍友张琳打过几次电话，都说没有一楠的消息。

一个月后，公司集团内部招聘采购，我找李茵咨询，问她我能不能报名参加面试，我觉得采购是一个很锻炼人的岗位。

"可以啊，虽然储备主管培养期还没有结束，但你可以去试试看。"她弯弯的眉如月亮一般，吐气如兰。

"嗯，那我应该注意些什么？"我站在她办公桌旁，毕恭毕敬地问。

"我觉得凭着你的智慧、聪明、销售的口才，自然发挥就好，相信你能行的。"她手里拿着一支笔，点了下桌子，仰头微笑看着我说。

听她这么一说，我信心满满地去了，果然，在二十多名面试者中，我脱颖而出，被面试上了。

那天早上，我想把这个消息告诉李茵，早早地到了办公室，却没看到人，我灰溜溜地回到卖场。

过了半个小时，假装看销售数据又去办公室，她依然不在，我问了HR周经理，他说没看到，我拿出手机，找到号码，这是我第一次给她打电话，电话是通的，但没有人接。

我又问周经理："李老师来上班了吗？她说叫我早上来找她。"没办法，我只能这样编个谎言。

周经理打开电脑看了一下打卡记录，说李茵今天没有来上班，我悻悻地回到卖场，我下周就要去公司总部报到，我想和她说声谢谢，总之我想见她。

也许，下一次见她的时候是另外一番景象，我知道，我喜欢上她了。

然而，中午时分，我在食堂吃饭时，却听到一个噩耗，众人都在议论，说李茵在出租房内出事了，有小偷入室抢劫，杀了人。我刚扒到嘴边的饭竟然没有力气吞咽，喉咙打结，泪水在眼珠里翻滚，我呆呆地坐在那里，头脑一片空白。

遭遇入室抢劫？死了人？她不会……。

她如天山的雪莲，洁白而纯净。一朵鲜花在最美的瞬间凋谢了，岂不是她在我的人生中如昙花一现？

深圳没有冬天，而这一天，我却冷得直打哆嗦。刚刚还在想，等我成长了，等我的职位配得上她的时候，我就来表露心声，然而，一切还没有开始却已经结束。

我打听到她住宿的地址就在附近，我一路狂奔，待我到达的时候，那里已经围满了人群，还有警察和记者，楼梯口围了警戒线。

四处打听才得知，凌晨来了小偷，沿着水管爬上空调外机，上了她居住的六楼，从窗户跳进去，同她一起合租的另一个女孩已经遇害，身上被连捅数刀。听得我连连后退，可以想象，捅了这么多刀是多么痛，一定是血流成河了。

李茵伤得怎么样？我到处找人问，后来打听到她早已被 120 接走了，身上也被捅了几刀，正在医院抢救。

我稍微松了一口气，两腿无力地蹲在人群中，喉结在上下滚动，几乎是哽咽着。我生命中的贵人，是她帮助我成长，我是踩着她的肩膀爬上了一个新的职业台阶，希望她平安无事。

我打听到李茵住院的病房，她还在抢救室，我出去买了点营养品。看到她的时候已经是下午六点了，她脸上一点儿血色都没有，嘴唇发白，还没有醒来，来了很多同事，还有公司领导。

抓到这个小偷一定要千刀万剐，偷东西也就算了，为什么想要杀人灭口？上午我还在想，下一次见面是另外一番景象，然而，再一次见到却是即将走向死亡的情景。

所幸，老天爷最终还是把她留下来了，闯过了鬼门关，肚子上缝了好几针，幸好没有刺到要害，否则早就没命了。

我默默地在医院的走廊里蹲着，人太多了，我不敢进去。

如我所愿，一周后，我终于走上了采购岗位。去报到之前我到医院看李茵："李老师，我面试成功了，明天调公司总部上班了，你好好养伤，我再来看你。"

"恭喜你啊，我都说你行的。"她强忍着疼痛微笑着说。

"真的很感谢你，要不是你，我也许没有这些机会。"我眼里满是感激，这半年多来，一路曲曲折折，从被骗去做传销，侥幸逃离，到为了生存迫不得已做了一线导购员，再遇到李茵，贵人相助，破例走上了储备主管行列，才有了我今天内部竞聘采购的机会。

"机会是给有准备的人，这都是你自己努力得来的，我只是顺水推舟而已，好好干吧。"她伸出手，拍了拍我的手背，一个字一个字地说，我紧紧握住她的手，第一次这么亲密接触，她的手冰凉。

是的，一切看似顺理成章，水到渠成，有努力，也有机遇，可机遇是给有准备的人的。

若没有使出逃离传销窝点的精神来扛大米、叫卖，促销没有那些骄人的业绩也不会有我今天的成绩，所以，任何机遇，在来临之前都要付出200%的努力，上帝才会眷顾你。

人生从来没有不劳而获，只有厚积薄发。

这时，病房门推开，进来一个高瘦的男人，戴着眼镜，头发三七分，看起来儒雅，最重要的是手里抱着一大束红玫瑰。

"茵，怎么样了？我刚下飞机。"那男人叫得如此亲密，我心里在想，是男朋友吧。

"嗯，现在好一点儿了。"李茵努力想坐起来，我赶紧到床尾去摇动，使床头慢慢升起来。

"这是我男友；这是我的学生，也算是同事了。"李茵给我们相互介绍着，我心一怔，即刻朝他点点头，如我所料，她已经名花有主了，这么好的女孩怎么可能没人喜欢呢。

顿时心中传来羡慕嫉妒恨，对那个男人投去一股恨意的目光。

次日，我带着李茵对我的祝福和厚望，走上了新的岗位。我的上司，李总，对我这个新人关照有加。时来运转，从传销窝点出来后，总是能遇到好人，他手把手教我，如何做好供货商管理与供货商谈判技巧，了解一个采购员的职业准则，还有做未来的职业规划，饼画得很大，对我也确实很起效果。

我很快就进入了工作状态，因为我需要快速成长，对李茵最好的报答就是我在新的工作岗位上有所成就。最重要的是，我要赚到足够的钱去寻找一楠。

"丁零零，丁零零……"座机响起，"喂，肖铭，前台洽谈室有人找你，说是大豆油供应商。"前台小妹声音甜美的有些发腻。

我一猜，准是上次那个张经理，我已经告诉他了，我们公司对于大豆油的进货标准比较严格，需要齐全的权威检测报告，没有这些免谈，他今天又来，该不会是带检验报告过来吧。

我喝了一口水，下楼来到洽谈室。

"肖总，上次我们聊得很顺利，贵公司全国连锁，真的很期待能与你们合作，这个是你上次提到的检验报告。"

叫我肖总，实在担当不起，我就是一个小采购而已，他毕恭毕敬地递上检验报告资料。我手一接，发现资料底部还有一个信封。

"这是什么？"我一愣，问他。

"肖总，一点儿小意思，请笑纳。"他咧着嘴，声音很小。

我捏着张先生递过来的一沓资料，还有底下那个牛皮纸信封，感受到里面的厚度和重量。

起码有五位数吧，采购都这么干么？我陷入沉思。

我犹豫了一秒，想起了我李总平常一直强调的采购员职业素养。于是，我微笑着，又将那个信封，沿着透明的圆形玻璃桌面慢慢推回给他。

显然，他有些尴尬。

"肖总，不足为虑，是几张电影票。"说罢，他又把信封推回给我。

而我就更加尴尬了，似乎被人看穿心思一般，一个涉世未深的小采购当然玩不过一个老油条了。

为了体现我的清正廉洁，哪怕是一张电影票我也不能收，再说，他的货能不能进入我们公司名录还不知道，要是收了，货又进不来，岂不是让他抓了把柄，以此要挟，那不是玩大了？我也只是个打头炮的，没有决定权。

于是，我挺起胸膛，清了清嗓子："那个，张经理，任何一个供应商我们会公平对待，前期评估也一样，是按规定来，请放心，有结果一定会第一时间打电话给你。"

说罢，我起身准备离开，无意中抬头一看，洽谈室的摄像头正虎视眈眈地看着我，似乎有千只眼齐刷刷地盯着。原来，张先生这个老油条早已知道这些，所以将信封压在资料底下，摄像头无论如何也看不到的。

我这个初生牛犊子，竟然拿出来问人家是什么，我一边上楼梯，一边自我嘲讽，我还是太嫩了，职场原来有那么多的潜规则。

当我正准备敲李总的门，听到他在里面打电话，生怕打扰，就在门口站着，却无意中听道："没收啊？你开始说了是钱吗？没说？后面说了是电影票？那好，我知道了，你先回去，辛苦你了。"

我一脸震惊，吓得连连后退，我无论如何也没有想到，原来那个大豆油供应商是李总派来的试探卧底，职场深似海，给我下套，我幸好没有钻进他设好的圈套里，难道这是李总考验我的第一关？

可这信封里面到底是钱还是电影票，我至今一无所知。

我回到座位上，拿着杯子去了一趟茶水间，接了一杯水，脑子里一直在回味着李总打电话的内容，以至于忘了接的是一杯开水，喝了一口，舌头烫得打结。

我像一条小狗一样哈着气，完全没了形象。

"肖铭，你这是在干什么呢？"这时部门助理顾小琴过来，说是部门助理，纯粹是李总的私人秘书，只为李总服务，李总要她做的事情，一件不落下，部门该她做的事情，她却像个领导一样，给我们分配。

"没事儿，烫了一下嘴。"

听完，她咯咯笑起来，超短的西装裙裹着圆滚滚的屁股，呼之欲出，一扭头就走了。

对于我来说，这种屁股似乎有点太腻了，我向来不喜欢吃肥肉，入口就要打战。

可是，张一楠去哪里了呢？好怀念跟她在一起的校园时光，青涩而懵懂，她的唇柔软而热烈，她的胸雪白而粉嫩。

想着这些，我突然陷入了自我的陶醉里。

第十三章

春节

很快，春节就要到了，我收拾行囊，准备回老家过春节。回家之前我给李茵打了个电话，问她情况好转了没有，她说恢复得差不多，准备出院了，然后和男朋友一起回老家。

我问她春节后还回公司上班吗，她说可能不来了，我说以后有机会来深圳，一定要告诉我，我来接待，她说好。

"李老师，什么时候的车？我去送送你吧。"我想，也许这是我们这辈子最后一面了。

"不用了，现在买票紧张，买的是凌晨的票，你别来了。"她一个劲儿地说不用了。

就这样，我们在后来的几年里都没有再联系了，她的离开让我感觉像失恋了一样。

春节放假回家，我取了六千块，在那个穷乡僻壤的山沟里，取钱很不方便，除了开销，那是我存了三个月的工资，我依然放在我妈给我缝的内裤里袋，这条内裤早已穿破，但我仍然保存着，这是一条非常有纪念意义的内裤，很长一段时间我都舍不得把它扔了，看见它就让我想起了那段暗无天日的传销岁月。

12306，这个订票电话我打了三天也没有订到一张火车票，无奈，在售票点门外，找一个黄牛买了张高价票回家，还是夜晚的车。

火车站人山人海，大包小包，广场外横七竖八，有些躺着，有些盘腿而坐，更有甚者，围在一圈儿斗地主，深圳冬天虽没有北方那么冷，但也是寒风凛冽，天空下着毛毛细雨。

候车大厅外挤满了人，都在等待进入大厅，像放鸭子一样，一拨一拨放进去，掉鞋的不计其数，找人的那更是不曾间断，广播不停播报。

"旅客们，请注意，开往荆市列车 K3258 开始检票了。旅客们，请注意，开往荆市列车 K3258 开始检票了。"广播里重复播报。

候车厅里"哗啦"一声，一大片人群蜂拥而起，往检票口涌进，我紧紧捂着背包，时不时捏一下裤头，生怕一不小心，让人混水摸鱼，把钱偷走。

这架势和《天下无贼》那是一样一样的。

越过检票口，川流不息的人群如洪水猛兽般往站台上冲，这时一个女人抱着孩子，一个踉跄跌倒，那孩子"哇哇"大哭，旁边一男人肩上扛着一个蛇皮袋，手里提着一个用过的油漆桶，桶里装满了东西，他骂骂咧咧地说道："你眼睛长天上了吗？这么不小心，赶紧起来，快点儿。"

我伸手将她扶起，看了看她怀里的婴儿，也就两三个月大，我心一震，我的南南不也就在出生几个月后送人了吗？半年不见，他又长得如何了？像我还是像一楠呢？或者谁也不像了。

"快点儿走，你不知道现在人心难测吗？孩子怎么不见了你都不知道……"这哥们儿，帮他扶了一把摔跤的老婆，连谢谢都不说一声，还一个劲儿地呵斥老婆，担心我是小偷。

我摇了摇头，没作声，闷着头疾步前行，这世道好人也难做。

进了车厢，那真是乌烟瘴气，人头攒动，过道里挤满人，我拿着票，一个座位一个座位核对着。

然而，吓我一跳。

我那个位子竟然有人坐了，我一惊，难道黄牛卖给我的是假票？我站在那里，不知如何是好，半晌也不敢开口，生怕自己的是假票，于是，干脆先把票放进裤兜。

可转念一想，如果是假票，检票口怎么能进来呢？我一拍脑袋，小声问道："请问你是坐错位子了吗？拿票核对一下。"

那人害羞地站起，连连说道："哦，不好意思，不好意思，我的是站票，你坐吧。"

终于松了口气，靠窗而坐，火车开动了，我靠在桌子上，打了个盹儿，三更半夜赶火车，真是累。

尽管声音嘈杂，有聊天声，打牌声，呼噜声，小孩哭闹声，不绝于耳，但我还是眯了一会儿。

"我说你，叫你提前回，你就不回，你看这么多人，挤死你。"耳边传来一个男人声音，有些熟悉，他不停地骂骂咧咧。

我抬眼一看，不就是刚刚上火车时把我当小偷那人吗？我忽然觉得，那个女人嫁给他真是悲催，一路不停责怪、谩骂，这生活有意思吗？也许他自己从来没发现，而这女人似乎也习惯了。

她怀里抱着的孩子不停地在哭闹，凭我带孩子几个月的经验，我猜是饿了。

"可能你小孩饿了，给他喝点儿奶吧。"我善意提醒她。

那男人瞪了我一眼，也许觉得我多事。女人叫他老公从包里拿出奶粉，那男人来一句："听他一个男人瞎说，出门的时候不是才喝过吗？"

女人不作声，自己一个人拿着奶瓶，倒着奶粉，背带上挂着小孩，直接去开水房接了点儿开水过来了，我看她站了这么久，喂奶也不方便，边上的人毫无反应，我就把座位让给她了，她连说了几声谢谢。

"你认识他吗？说话啊，是不是以前认识啊？说，什么关系？"这男人什么事也不干，又开始质问他老婆，应该是老婆吧，我猜测。

我听着实在觉得不入耳，也不想插话，一个陌生人而已，我不想生出是非，免得这两口子在车上大干一场，只是感叹这女人的婚姻实在是悲哀。

就这样，我虽然买了一张高价黄牛票，也是一路站着回到家。

我姐今年春节要出嫁了，不知道隔壁村王二是个什么样的人？如果也是这样一个无耻之徒，那这一生真是悲哀了。

家里的山路十八弯，家里的山水绿汪汪。

我爸拿着个烟斗坐在门口，"吧嗒吧嗒"地抽着他的旱烟，那吐出来的烟一圈一圈盘绕而上，犹如祥云之势，见我回来，立马就把烟斗灭了，问我吃饭否，然后开始忙活着扫地。

我妈更是忙来忙去，我带回来的小吃、糖果她都拿去给邻居分了，到处宣扬："我家小铭从深圳回来了，给你们带了好吃的。"

我一直没有把被骗去做传销的事情告诉他们，也没有告诉我妈那一万块钱是被骗走了，否则，她一辈子都会心里不安，那是血汗钱啊。

他们这几天在忙着我姐的酒席，后天就该摆酒出嫁了，大后天是除夕之夜，老家的娶亲规定一般是在年前娶进门，过年好团圆。

那么，我们一家人这两天算是最后团圆了，幸好我找黄牛买了票，否则真是一大遗憾。

这天一大早，杀了一头猪，宰了十几只鸡，杀鸡的活就交给了我，拔了一上午鸡毛，这些都是我妈自己辛辛苦苦养了一年的劳动成果，总共摆了十五桌酒席，比我当年考上大学更隆重，我姐风风光光出嫁了，我妈哭得稀里哗啦，我姐倒是没怎么哭。

村里老人都说，新娘出嫁要哭，哭完以后，嫁到婆家就不会哭，我姐对此倒是嗤之以鼻，觉得那是没有道理的。

"王二，时间到了，新娘该出门了。"隔壁理事员李叔大声喊新郎该接亲走了。

我姐夫王二，我是在接亲那天第一次见到他，不知道为什么，我姐竟然看上他，一副二流子形象，连接亲那天时间到了还凑到牌桌上观摩。我真想一拳打过去，但想想，在我姐的婚礼上，小舅子去打姐夫，好像也不好，于是忍了。

大年三十晚上，我和爸妈三个人百无聊赖地看着春节联欢晚会，少了我姐，没了她和我妈在厨房唠唠叨叨的声音，家里空荡荡的。我爸吧嗒吧嗒在大门口抽了一会儿旱烟，不到九点就在火炉旁打着盹儿睡着了。

我站在门口，北风呼啦呼啦地响着，屋后那棵油桐树依然还在，我突然想起大三那年的春节，我爬到树梢儿给一楠打电话，不巧摔下来手脱臼那件事情，我一直都没有告诉她，时间过得真快，一晃两年了。

年后初六，我谎称公司有事，要提前回去，收拾行李出发了，带了些家里的特产。告别我爸妈以后，背地里，我买了张前往我表叔家的汽车票，我想，该去看下我儿子。

时间太快，南南已经一岁了，脸形长得像我，嘴巴却像一楠，我忽然想亲一下，南南上下各长了四颗牙，会站起来，然后蹲下，能走一步路，又蹲下，我张开手臂想抱抱他，然而，他却不要我抱了。

南南不认识我了，在他眼里，我是一个陌生的叔叔。

表叔赶紧抱着他说："快叫爸爸，这个是爸爸。"

然而，他什么也不叫，脸一扭，紧紧地抱着表叔。我心一紧，也许，他不再认我了，而且长大以后也不再认我了，是我把他抛弃了，但我能感觉到表叔两口子对他很不错，照顾得非常细心，当亲生儿子一样看待。

我给了表叔两千块，我清了清嗓子："嗯，表叔，我看你们对南南也真的很用心，也很喜欢他，干脆你们一直带着他吧，找个时间把他户口登记到你们名下，以后上幼儿园也不会成为黑户，但我依然会每个月寄点钱过来。"

他们一听甚是激动，也许早就想开这个口了，连声说："钱就不用寄了，我们目前养个小孩没问题，你以后想过来看也可以来的，没事儿，适当时候，我们会把事情告诉他。"也许，他们确实想把领养手续办了，然后给南南上个户口到他们名下，毕竟一直都没孩子，膝下无子在农村是一种耻辱。

原本说寄养，这下真的就变成领养了，我有些难以割舍，我不是一个称职的父亲，但这也是没有办法的办法。

次日，我便离开回深圳了。走的时候，我亲了亲南南，他竟然不再抗拒我，还跟我咧着嘴笑，难道真有父子连心的说法？天哪，真是要了我的命。

带着对南南的思念，我走了，因为我要去赚钱，赚到足够的钱后把他妈妈找回来。

第十四章

老板的秘密

新年新气象，开工了，办公室开工红包是满天飞，部门总监李总甚是大方，每人包了 200 块红包，晚上又请大家撮了一顿。

自从上次李总给我下套后，我就一直谨慎小心，如履薄冰。工作上更加不敢有半点儿马虎。有时候吃过晚饭还回来加班，我知道，也许是领导一直在考验我。

天降大任于斯我也，必先考我心智，诱我入套。

时间一晃就到夏天，因为太热也不想早睡，吃过晚饭，八点左右，办公室走廊一片漆黑，我摸索着回工位加班，走廊尽头那边 IT 部还有人，他们加班是常有的事情了，有上晚班的，门店商超所有终端 POS 系统需要他们在后台监控，一旦有什么问题，要立马解决。

我也没有开灯，只开了电脑。我将所有归我管辖的供货商全部从系统导出来，重新做了表格，归类整理，将销量好的优质供货商做了个排名，另外，月结结款商需要重新谈判，季度结款，争取为公司获得更多的资金周转。

这时，我突然听到李总办公室传来什么东西掉地下来的声音，李总不是走了吗？我以为是老鼠，也没理。然而，声音更大，似乎书架倒了，我走过去，推门一看。

我惊呆了。

部门助理顾小琴，披头散发，露出白花花的大腿，裙摆已经被李总撩到腰上，顾小琴紧紧地贴在墙上，双腿夹住李总的腰，双手环绕他的脖子，热烈地亲吻着，这姿势也太前卫了，我和一楠从来没有这么挑战过，激情大戏正在上演，旁边的书架倒下也全然不顾。

我吞了吞口水，莫名其妙当了一回观众，趁他们还没看到我，我吓得赶紧退出，悄悄把门关上。干这种事情，太大意了，怎么没把门反锁？

这一幕，比大学时候的澡堂偷窥还过瘾。

我无心再加班了，关了电脑，走为上策，回到住处，脑子里还回忆着那火热的场面，冲了个冷水澡，打开电脑，像往常一样打开 QQ 看看一楠是否上线了，然而，这一年多，头像依然是灰色的，电话停机以后再也没有开过了。

第二天上班，我竟然不敢抬头望向李总的办公室，好像做错事的是我，终于明白，顾小琴一个部门小助理为何对我们采购颐指气使，原来有后台撑腰。

整个办公室，一眼望去，忙忙碌碌，这才是我向往的职场，然而，李总的测试又让我惧怕职场，看似风平浪静的背后却暗潮涌动。

这件事情，在我心里似乎成了一个不敢说出口的秘密，每次看到顾小琴那妖艳的打扮就忍不住往那天晚上的画面去想。

"哎，听说了吗？华南区要新成立分公司，经理岗位空缺哦。"隔壁几个女同事叽叽喳喳小声议论，声音不大，我却听得清清楚楚。

"你们猜猜，可能会是谁呢？"

"谁知道呢，也许轮不到我啊，不会拍马屁。"

众人七嘴八舌，三个女人一台戏。

我调到采购部门才不到一年，好事恐怕不会轮到我，所以也无心关注此事，比我资历老的多了去了。

下午，我去了一趟大卖场，参与一个沟通会，做十一国庆活动，我得找供货商要资源，先去一下卖场与店总和销售经理开碰头沟通会，这卖场正是我曾经卖大米的超市。既熟悉又陌生。

我想起了李茵，我的培训老师，我感恩仰慕的人，没有她也许就没有我的今天，岁岁年年花相似，年年岁岁人不同了。铁打的营盘流水的兵，一年不到的工夫，整个卖场没多少熟悉的人。

"嗨，肖铭。"我和店总及几位经理主管在卖场粮油堆头讨论时，身后突然传来一个熟悉的声音，我扭头一看，不正是我原来卖大米的公司的区域经理吗，对了，我离职时他还扣了我一个月工资。

我转过身，朝他一笑，打了个招呼。

他看我挂了个工牌：集团采购。他一愣，脸色由红转白，赶紧上前握手。

"以前是我有眼无珠，不识人，你之前离职如果跟我说是去集团做采购，无论如何我也会放人的……"他两只手握住还一直不放。

我看了看旁边店总，一年多了，这店总也不是当年的店总，刚新上任的，店总看了看我，有些摸不着头脑，感觉莫名其妙，我有些尴尬，于是，我抽出一只手拍着那经理肩膀说："那是过去的事情了，我还有点事儿，先去忙了。"

他这才醒悟过来，觉得场合不对，赶紧松了手。

中午时分，他又给我打电话了："肖铭，哦，不对，肖总，之前的一个月工资，我让财务打到你卡里了，已经到账了，实在对不起，真不知道你当时这么着急离职是去集团采购工作，我早就知道你会有出息的……"

我哪里是一离职就去采购，我好歹先做储备主管，在卖场待了两个月，可见，他后来就不曾来巡店了，也就是一个混日子的主。

我推脱了一番，觉得没必要补发，事情过去就算了，可他却偏要发，发就发吧，我也不多说了，那也是我的劳动所得，吆喝、扛大米的血汗钱。

这社会，多交一个朋友还是好的，没有必要弄得老死不相往来，而且他也算是我的供货商了，这么想着，心里便释然了。

下午回到办公室的时候，正要做一份方案汇报，顾小琴敲了敲我的桌子："肖铭，李总找你。"

我一抬头，看见她就想起她那销魂模样，我心一紧，坏了，难道那件事被李总发现了？

我进去的时候，李总正在打电话，手不停地在拨动桌上那个地球仪，看起来心情不差，他示意我自己搬个凳子坐下。

我不知道李总要说什么，他背对我，坐在一个大大的椅子后面，我的心情从未有过这么紧张，他很长时间不找我，今天找我，一定是为我偷窥那件事情来的，话说，做贼心虚就是这种状态。

"肖铭，最近表现不错，你每天吃过饭都来加班？"天啊，感觉暴风雨就要来临，其实我很久不敢加班了。

我不知道说是还是不是，他肯定是已经调查过了，才这么肯定地问我。我没作声，点点头，我猜想，老大估计想再次确认然后把我开了。

"集团下属华南分公司，采购经理职位空缺，我准备推荐你上去试一下，有没有信心？"他表情严肃地看着我，缓缓地说出一个爆炸性消息。

我掏了掏耳朵，以为自己听错了，我又重复一遍，带着惊讶的表情问："李总，你说让我去？"

"是的，有没有信心？"

我心中压着的一块大石头终于放下了，原来不为桃色新闻之事，而是职位空缺之事。

"李总，为什么是我？我资历不如其他老员工。"我怯怯地说。

"肖铭，你来部门也快一年了；之前也参加过储备主管培训，在卖场干过，本科毕业，经管专业，我觉得你需要更好的平台和机会，另外，经过我长时间对你的考察，我认为你是个合格的采购。"

我一听，非常激动地说："李总，我定将全力以赴，不辜负您的期望。"

我双手搓着裤腿，不知道该往哪里放，高兴得不知道该站还是该坐。这种好事，我压根没有想到会轮到我，但我可以肯定的是，上次设的圈套果然是在考验我，我虽是兢兢业业，但论资历真轮不上我。

"那就好好干，我看好你，但是，有些事情，看了不该看的，不要在公司议论，你应该知道我说什么。"原来是这样，我如小鸡啄米般频频点头，我绝对不会乱说，把这事烂在肚子里。

突然非常羡慕和佩服李总，家里城墙不倒，外面彩旗飘飘，一个成功的男人难道就这模样吗？

难道，这华南区域经理职位是因为不经意偷窥得来？如果说出去会不会笑掉大牙？但是，到底是偷窥原因还是我的能力得到李总赏识？似乎这件事情像谜一样地存在，以至于我总觉得这是在做梦。

一周后，在同事们的恭贺和羡慕嫉妒恨中，我的办公桌搬到了楼下的分公司，不但没有卷铺盖走人，而且还高升了职位。

我心里默想，一定不能辜负李总对我的信任。

第十五章

初遇思雅

我调任分公司区域经理时，已是入秋时节，深圳的秋天依然如夏天，这不是一个四季分明的城市，偶尔有海风吹来，那也是入夜之时。

　　新官上任，我从来没有当过领导，突然觉得有些不自在，也无所适从，所有工作喜欢亲力亲为，导致我的下属没事可做，轻松得很，混日子的继续待这儿，有想法的都跳槽了。

　　当我意识到这个问题的时候，已经过去大半年了。公司 HR 给我安排了一次外训机会，《企业领导，非人力资源的人力资源管理》，曾经我对这个是嗤之以鼻。

　　后来，我才真正开始意识到，作为一个经理人，除了你的本职专业工作做好，更重要的是你需要懂得如何管理你的团队。

　　我是一个吃过苦的人，知道这份工作的来之不易，我非常珍惜它，并为之付出 200% 的努力。

　　毕业后，骗入传销虽已经过去几年，但那些记忆依然在我脑海回荡，那个瘦骨嶙峋，颧骨突出的龅牙主任，这辈子都难以忘记，似一根针扎在我心里。后来，我再也没有听到过小凯的消息，最后一次是我逃出来一个月后，领了第一份薪水，还钱给游戏王时，他告诉我，小凯跟他说，我不识好歹，坏了他的财路。

　　游戏王在电话里说小凯不应该做这种伤天害理之事，再后来，小凯没有跟任何人联系。自从我手机不见后，大部分人的号码也就从此丢失了，只有游戏王，曾经在我最困难的时候鼎力相助，我毕生难忘。

　　游戏王，毕业后，在他老爸的威逼引诱下，参加了公务员考试，没想到，竟然考上了，在他的小县城里当了一名财政部职员，每天泡茶、喝茶、看报已经是日常工作的一大部分，日子过得倒也清闲自在，用他自己的话来讲，已经提前过上了养老生活。

体形变得微胖，啤酒肚不知道何时悄悄缠上身，前段时间他老妈给他安排相亲对象，两人见面相互都还入眼，相处不到俩月，双方父母合计着这个十一筹办婚礼，他叫我一定要去参加他的婚礼。

别人都成家立业，并且开始过上养老生活了，可我还在温饱线上，不得不承认人与人之间的差别太大了，我们拼尽所有的努力换来的终点，也许还达不到他人梦想的起点。

这一个礼拜，我连续加班到深夜，把所有品类细分，然后将供应商分配到每个采购员名下，采取责任制。

为了降低采购的工作量，我又与IT部沟通，将后台营销和采购系统关联优化，所有商品设置一个最低库存量，当达到一个最低点时，将报警信息推送到采购系统，采购根据报警明细导出审核下单给供货商，这样大大降低了采购工作量，同时也降低了卖场的缺货率。

数据化，云计算时代到来。

这一做法得到了集团的大力支持和全国各区域推广，也因此在会议上赢得集团李总的表扬。

"各区域经理，肖铭，刚上任一年不到，成绩卓有成效，部门人员从离职率15%降到目前5%，更重要的是，他乐于去钻研工作，这次系统优化，大大降低我们采购的工作量，而且数据更加精确，现在卖场的缺货率也得到很明显地降低……"

李总在大会上足足花了有十分钟时间对我进行表扬和肯定，声音洪亮，抑扬顿挫。我有些不知所措，其他区域经理都齐刷刷看着我，也许心里都在嘀咕："你这厮，这么卖力干什么？非要整得我们不好过？"

这年头，干得好也会成为公敌。

看着李总说得那么铿锵有力，我早忘记了他的桃色新闻，他的小秘，顾小琴依然在他的部门里游刃有余，此刻的她正在旁边帮李总播放投影仪。

这事儿后来全采购系统都传开了，当然，不是我传的。

自从升迁之后，加了工资，我从那个蹩脚的民房小单间搬到了一栋小产权房的公寓楼，一室一厅，条件改善了不少，离公司也近了，平时偶尔可以自己做饭，兴致来了，做一个农家小炒肉，红烧鲫鱼，突然觉得人生有了盼头。

隔壁左边住的是一对年轻夫妇，也许是新婚燕尔，加之隔音效果一般，经常从卧室墙壁里传来激情的叫喊声，时间几乎都是凌晨一点，塞住耳朵也没用。

年轻夫妇的隔壁是一个单间，住着一个刚毕业的大学生模样的女孩，每天早出晚归，偶然上班时在电梯门口遇到，但从不打招呼。城市快节奏的生活，即使住上几年，也不一定会有什么交集和来往。

那天早上，我在刷牙的时候，听到门外有争吵声，声音由小变大，最后貌似开始拉扯厮打。我穿了个裤衩也来不及换，推门就出去，一看，隔壁这两口子揪着他们隔壁女孩的头发，这架势有些恐怖。

"你说，这垃圾不是你扔我门口的还有谁？"这女人看来是来者不善，揪着隔壁女孩的头发硬是不放。

听了她几个月的激情叫声，今日终于一睹容颜，长得倒是俊俏，下巴尖尖，樱桃似的小嘴，可这嘴巴说出来的话似刀子。

"对天发誓，这垃圾不是我扔的。"这女生模样的姑娘还是不屈不挠，一只手还摸着口袋想掏手机，也许是手机还在家里，最后也没摸出个所以然。

"还能有谁？隔壁是个男的，对门的垃圾不可能放我门口，只有你，也住我隔壁，还有，你看，只有女人才用的卫生巾。"这女人用脚一踢，垃圾袋里露出一片用过的卫生巾。

"那个，大家都是邻居，先冷静下，要不然问下房东调监控看一下。"我一看这架势，估计一时半会儿停不下来，于是提议叫她们去查监控。拉架我也不在行，这是平生第一次认真看女人打架。

"对，你们赶紧去查监控。"这女孩似乎抓住了一根救命稻草，她望着我，眼里充满了感激。

"你死鸭子还嘴硬，我明明从猫眼看到你用脚一踢，垃圾就来到我门口了。你，赶紧下楼去，找房东。"她一边骂骂咧咧，一边指着她老公下楼去。

这厮，屁颠屁颠乘着电梯下去了。我一看时间，马上要迟到了，于是赶紧回屋换了衣服拿着包出门了。

在我出门等待电梯时，她们各自也散了，到底是怎么了结，我换衣服的工夫难道就有结果了？但不管咋样，两位邻居不再为一袋垃圾争吵打架终归是好事。我在路边摊买了一个煎饼加一个鸡蛋，一路吃着早餐，狂奔到地铁，终于涌进了人山人海里。

一个忙碌而充实的一天又开始了。

"肖经理，早。这是这个季度所有要结款的供货商明细，财务中心那边拿过来需要您签字再确认一下。"

部门助理小倩才入职半年，工作做得有条不紊，我拿过来，快速过目签了字。

"这个是零售协会发来的一个邀请函，这个周末有一个论坛讲座。"她紧接着又从文件夹里抽出一个函件递给我。

每天工作似乎都已经模式化，签字，看邮件，回复邮件，部门早会，工作部署……

太阳西斜，我看了看台上的日历，这个周末也没有其他安排，于是叫小倩回复准备参加。

当我拖着疲惫的身子回到家时，电梯还没开门，又听到了门口有争吵的声音。

"我查监控了，为什么你住楼下，要把垃圾丢我门口？"我隔壁这女人的声音大得连在电梯都能听见。

我出了电梯，却没看到人，原来是在楼下争吵，不一会儿两人从楼梯上来了。垃圾风波还未停止，早上是个误会，那个隔壁女孩岂不是白挨打了？

"是我扔的，咋的？你劈头盖脸，怎么不问为什么呢？不扔别人门口怎么就扔你？"

这是一个三十多岁快四十岁的妇女，脸上长了些蝴蝶斑，微胖，看来也不是个省油的灯，听口音是个东北女人。她气喘吁吁停顿了一下，接着又说："你没发现，里面的垃圾有你的一份儿吗？你男人这么能射，怎么不射墙呢？让你夜夜笙歌，扰民也就算了，还把那恶心的东西往下扔，要扔为什么不扔远点儿？还挂在我家窗户上……"

这女人还真不是省油的灯，隔壁算是遇到对手了，我一个男人听了都脸红，她却能说得这么溜，不过这事儿搁谁身上也会火冒三丈，但怎么就料定是这楼上扔的呢？

我一边掏出钥匙开门，一边听着。隔壁女人不说话了，也许还真是她老公扔的，她突然就有种做贼心虚的感觉，低着头，一会儿发神经一样，大声说："你有毛病啊，你怎么证明我家扔的？你哪只眼睛看见了？"

"哎哟，还不承认啊，那就去验DNA，你敢吗？你不敢吧，不敢就自己乖乖把垃圾扔了，然后下次注意点儿。"楼下女人真是有见识，不

122

知道她是怎么做到这么确定的，但是扰民这件事情，确实也是令我头痛，再这样下去我也得搬家了。

不一会儿，房东来了，楼上楼下，都围了几个人，我也不是个爱管闲事的主，一个大男人围着也不好，因一堆垃圾引起的纷争似乎终于要揭开谜底。

不一会儿，门外安静得很，晚餐我做了一个西红柿炒鸡蛋，那是张一楠教我做的，可如今，她在哪里呢？每当夜深人静，我便想她。

周末一大早，我早早出门，准备参加零售协会的邀请，去听一个论坛讲座，刚出门，便看到隔壁这两夫妇大包小包搬到门口，这是要搬家的节奏。那也好，我心里想着。

到达会场已是九点，场内黑压压一片，一个巨大的屏幕下坐着一个50岁上下中年男人，应该就是今天的论坛演讲嘉宾，说着目前形势下零售业的状况及未来发展趋势。

未来发展趋势，其实，我并不看好大卖场的发展，尤其是电商的飞速发展，对实体的冲击越来越严重。

参会的大多是零售行业精英巨头，以及供货商，有好些都打过照面儿和接洽过。

论坛最后一个环节是提问和相互交流环节，场内开始闹哄哄，不少猎头开始寻找猎物，这是挖人最好的机会，一些供货商就更加积极到处递名片了。

我准备离场，突然身后有人叫我，一看是曾经我卖大米的区域经理，他怎么还在这圈子混？早该换行业了，换句话说，他该修炼一下如何做好团队管理。但话说回来，不是那次他录用我，也许我也没有今天，所以，我还是得感谢他。

我们攀谈了一会儿，他还在原公司工作，并且升职了，我发现，他确实成长了，各种观点也是作为一个经理人该具备的，也许，我们每个人都在磨炼中不断地成长。

磨炼了就成长了，人生的每一步路都算数。

"肖铭哥，你也来了？都几年不见，混得怎么样？"我和大米经理聊着的时候对面迎来一女孩，我差点儿认不出来是谁，愣了一下，惊愕中才发现，是阿霞，当年我卖大米，她卖洗发水，如今她却有别样的风情，自从我离开以后，再也没有和她有任何联系了，我曾经帮她搬货，她帮我介绍客人。

虽然我们一起工作时间不长，但她给我的印象不错，上进努力，能吃苦。今天她能参加这个论坛，必定也是升到主管以上的岗位了吧。

她递给了我一张名片，哟，大区督导，我们互相说着恭喜对方的话，她给我介绍她一个同伴，我一看，是个美人，顺口就说了句："你好，美女，怎么称呼？"

她递给我一张名片说："我叫李思雅，叫我思雅就好，你怎么称呼啊，帅哥。"

我一看，原来是个供货商，为了表示尊重，我当然也给对方递了张名片："我叫肖铭。"

"哇，你们公司可以啊，全国连锁，希望有合作的机会。"她像个花痴一样，看到公司像看到帅哥。

人多，特闹哄，到处在交换名片，我找个理由就先溜了。

一周后的一个早晨，收到一个短信："你好，肖总，我是上次论坛上和你初次见面的思雅，这个周末有空吗？"

我没有急着回复她，双眼盯着这个叫思雅的女孩的短信，该回复还是不予理睬？

自从做了大区采购经理，类似的邀约电话、短信不断。尽管我一直奉行李总的做人做事原则，但常在河边走，哪有不湿鞋？

　　不知道这个思雅葫芦里卖得什么药，但我料定，绝对离不开合作的事情。于是作罢，先不理了。

　　我站在办公室的落地窗前，俯瞰着车水马龙的地面，我如今的工作终于是我曾经梦想的样子。

第十六章

游戏王的婚礼

我收拾桌面，关电脑，准备下班，这时手机响起，以为是思雅，见我不回信息，就打电话，打开一看，原来是我妈。

　　上次中秋节，我妈打电话，说起我那个姐夫，一个不知道赚钱的主，这也就算了，还天天在村口赌博，我早就料定，此人不行，婚礼当天，新娘出嫁到点儿了，他还在牌桌上，不知道我父母当初是怎么同意这个婚事的。这不，我姐刚刚怀了孩子，气得差点先兆流产，到医院保胎了一个礼拜。我一听，赶紧给她汇了两千块。

　　不知道这会儿又是什么事，我心里嘀咕着，总这么下去，那也是个无底洞啊。

　　"小铭啊，吃饭了没有？"我妈问。

　　刚下班，哪里这么快吃饭。比不了农村，天一黑就开吃了，晚上八点，嘴上剩饭油沫星子一抹就开始上床睡觉了。

　　"没呢，刚下班，有什么事吗？你们该准备睡觉了吧？"我拿着包走出办公室，等待电梯。

　　"我跟你说啊，村口李阿姨女儿，颖子，也是你小学同学，大学毕业后工作一年，又考了公务员，可好了，分配到镇上，当了乡村干部，前几天下乡视察，路过我们家门口，还问起你呢！"

　　我妈一直说个不停，不知道最后想表达什么。难道也希望她儿子回去考个公务员，让她脸上沾点光？

　　"噢，挺好的啊。"我附和她。

　　每次打电话，我妈第一时间把家里的新闻先报告一下，不是王大爷死了，就是李大妈病了，或者又说谁家女儿儿子都不孝顺，不赡养老人，最后赶到猪栏去住了。

"你知道吗，我一打听她还没有谈对象呢，我让你大婶去说媒，你说可好？"

我妈真是苦口婆心，开始担心起她儿子的终身大事来了。她到现在还不知道，她其实都已经有孙子了。可惜啊，送人了。如果这会儿知道了，是打断我的腿呢还是笑得合不拢嘴？

"哎哟，妈，算了，这事不用你操心。"我进了电梯，突然就没信号，挂了。

暮色中，我涌进地铁，消失在茫茫人海，看着下班归途中每一个疲惫的身子，或慵懒地斜靠在椅子上，或站着一只手拉紧拉环，一只手拨打客户电话，或皱眉，或喜笑颜开，或谈笑风生，或争论不休。

说到介绍对象，我一惊，才想起，后天就是国庆放假。一到家，赶紧打开电脑，订了前往游戏王老家的火车票。

大学同窗四年，同一个宿舍，第一个蓝屏手机是他用过后送给我的，他过生日请客吃饭，惊心动魄的一次翻墙回校，成就了我和一楠的一段校园爱情。

毕业后走投无路，山穷水尽，游戏王又解了我的燃眉之急，这份情，我没齿难忘。这次兄弟结婚，无论如何，我定然要参加。

为了赶那趟早上六点的火车，五点不到就起床了，洗漱完毕，带了几件换洗衣服就出门了，等待电梯时，竟然碰到那个住单间房的女生，其实，她叫什么名字，我全然不知。

"你也这么早？上次的事情，我还没感谢你解围呢。"

她今天头发散着，并没有和往常一样扎一个马尾，弯弯的柳叶眉下一对炯炯有神的眼睛，大而圆，说话时一眨一眨地看着我。

"没什么，不必客气，举手之劳。你也这么早，放假了去旅行？"其实，她不说，我都早已忘了上次垃圾事件，我看她拉了个箱子，也许是要出远门了。

"是的，去乌镇，早上六点的火车。"她看了看手机时间。

"这么巧，我也是去浙江，不过我不是去旅行，是去参加同学婚礼。"

这世间竟然有这么巧的事情，俩隔壁邻居，竟然不约而同买了同一趟火车，前往同一个地方，我叫了个的士，叫她和我一起去火车站，她欣然答应。我以为这么有缘，看起来又清纯的女孩，我们之间会发生点儿什么，然而，是我想多了，人家是和男朋友出去旅行。到了火车站，她男朋友已在那里等待多时了。

我们上了不同的车厢，这是我工作以后第一次去另外一座城市。曾经，我跟张一楠说，等我工作有钱了，要带她游遍中国的大好河山，吃遍中国美食。

可如今，等我兑现承诺的人儿，在哪里呢？真的，一闲下来，就突然没有缘由地非常想她，每次看到情侣约会，卿卿我我，总是莫名地想起我们的校园生活，想起一楠依偎在我的臂弯里，仿佛就在昨天。

我又开始想念我的儿子。

中秋节时，和我表叔通了一次电话，他说，南南现在着实调皮，鬼灵精怪，开始会叫爸爸妈妈，走路也很稳，明年可以送去上幼儿园了。

坐了一天一夜的火车，到游戏王家已经是第二天早晨了，这天是他的大喜日子，我灰头土脸，疲倦得很，他光鲜亮丽，西装革履，满面春风。

都说，人生最得意之时莫过于金榜题名和洞房花烛之夜。

原本我想先找个床休息一下，没过十分钟，他把我拉起来，给了一套西装，叫我洗把脸，换上，给他去当接亲团。我一头蒙圈，生平还没当过伴郎呢。

"兄弟，赶紧的，还差一个人，女方家长说要 6 个人，六六大顺。"

我还没反应过来，他把我推进去换衣服。好吧，此时，上刀山，下火海也得去了。

洗了把冷水脸，跟着他的接亲团浩浩荡荡地出发了，那阵势羡煞旁人，长长的车队宝马奔驰，连宾利都有。

我打着哈欠问他："你咋那么多豪车？"

"嗨，肖铭，你孤陋寡闻了吧，婚庆公司要多少豪车就有多少豪车，只要拿票子来，什么都有。"新郎官今天真是神采飞扬，要多风光有多风光。

到达女方家已是中午 11 点，独门独院，父母是商人，家里看来很气派，与游戏王家算是门当户对了吧，游戏王一个县城公务员，他老爸也还没到退休年龄，算是有权势家族了，都说江浙一带嫁女都豪爽，果然名不虚传，游戏王家拿去的 20 万聘礼，女方如数陪嫁回来，还带上洗衣机、冰箱、60 寸大电视……

这年头，商人之女要么嫁富豪，要么嫁公务员，以谋求稳定和后台关系。这个从古至今都如此，似乎永恒不变。

游戏王，曾经我还一直觉得他是个不动脑子的人，天天玩游戏，考试挂科，也不谈恋爱。如今看来，对于爱情和婚姻，他比我们任何一个人都明白，他才是活在现实里，而我却还活在虚幻里。

婚礼的仪式是在一个五星级酒店一楼大厅举行，足足有 80 桌，男女双方家人亲戚朋友都来了，收礼收到手软。

伴随着昏暗的灯光和柔和的音乐，主持人和证婚人先后上台发言，伴郎伴娘阵营各有 6 人分别站两边。

新娘缓缓地从一个刚刚升起的鹊桥台上，拖着及地长裙慢慢地往上走，新郎在这一头张望着，看到新娘，他步子轻盈，如果此刻新郎的啤酒肚再稍微缩一缩，将更加帅气。配上音乐，加上主持人在后面独白，这情景，似乎只有在电视里看过。

他们在鹊桥的中央相遇了，然后新郎单膝下跪，给新娘戴上了结婚对戒，新娘拉起新郎的手也给他戴上了婚戒，两人相互拥吻。

众人鼓掌。

从此，游戏王就是已婚人士了。看得我眼睛都湿润了。

整个婚礼席间，我成了他的贴身挡酒保镖，当然，除了我还有其他几个伴郎。因为我个子最高，显眼，又是个陌生面孔，自然下场最惨了，个个找我灌酒，幸好，做了一年采购，酒量算是练出来了。

我看伴娘团也好不到哪里去，几个伴娘早已烂醉如泥，一个劲儿地去洗手间猛吐，我在洗手间的马桶上蹲坐了半天，终于全部吐了，洗了个脸，准备找个地方休息一下。

此刻，突然听到洗手间外有人大叫："不好啦，出事了。"

我跌跌撞撞到门口时，看到一个女孩，应该是伴娘，躺在地上，脸色惨白，大家都以为是喝醉了，我当时也这么认为。

随后，几个人都围上来，还有酒店保安服务员，有人说要赶紧送医院，我昏昏沉沉沿着墙根一路跌跌撞撞，找到一个沙发就躺下了。

然而，当我醒来时，却听到一个噩耗，那伴娘被送到附近医院，经过医生抢救，说人已经不行了，酒精中毒抢救无效。

一场完美的婚礼，最后酿成了一场葬礼。我们心心念念的人生巅峰，也许一转身就跌入低谷。

婚，最终是结成了。但却陷入了一场矛盾是非，扯不清理还乱的官司中。我兄弟游戏王痛苦不已，我却帮不上什么忙，只能安慰他。

那一夜，他连洞房都没有入，喝酒喝死的是新娘的好姐妹。

次日，我便回深。入秋以后，虽然还是热，但天空早已蒙上了一层薄纱，没了往日的闷热。

一个月后，游戏王给我来电，说伴娘事件已经结了，赔了200万，其中100万是他岳父给的。另外，他单位以收礼受贿之名给他弄了个警告处分，虽然不是很重，但这几年估计没什么升职可能了。饿不死，但发不了财。

我们相互聊着人生和仕途，第一次这么认真聊天。他似乎也想和我一样出来闯荡，以为闯荡了，人生才圆满。我劝他，千万不要，他现在挺好，有稳定的单位，有家庭，有老婆，次年再生个胖小子，生活足以。这就是人生。

他笑了笑，挂了电话，这一夜，我却没有睡着，什么才是人生呢？其实，我自己也不知道，直到凌晨三点，我数了一千只羊后才缓缓睡去。

第十七章

深夜留宿

次日醒来，已经是太阳高照了。

怎么闹钟没响？我半眯着眼摸了摸床头上的手机，呀！原来今天是周六，拍了下脑袋，这美妙的感觉怎么来形容呢？就好像昨晚在梦里被人追杀，一直跑，一直跑，筋疲力尽时，被抓住了，然后突然醒来，原来是梦一场。

起来上个厕所，又躺回床上，感觉人生太美好，一切都是原来的样子，昨夜和游戏王聊天，聊得太晚又失眠，好不容易睡着又被追杀，头还是痛的。可这会儿，却又睡不着了，打开手机，微信通讯录有人加好友，是思雅。我手贱，点了一下通过。

"肖总，您贵人多忘事啊，上次发信息，您都不回，放心，只是交个朋友。"

她这么一说，反倒觉得自己是多虑了，她上次发来短信，我后来就真的忘记了那回事儿，太忙。我心里暗骂自己是个小心眼，连个女人都不如。

"哪里话，最近太忙了，不好意思。"前段时间，确实因为游戏王那个伴娘事件没心情，我连忙解释道歉，现在了结，也算了了一桩心事，现在闲着也是闲着，找个人聊天打发这个无聊的上午。

不知道为什么，自从做了采购以后，内心有些排斥和做销售的打交道，似乎他们说话都不真实，天天说些吹捧的，高调的，叫苦的，不知道哪句真哪句假。

"我就是真心想和你交个朋友而已，听阿霞说你是个销售能手，我想多向你学习。"

尽管我不喜欢吹捧，但听到这些内心，还是情不自禁地美滋滋地乐开花。难得有这么闲情逸致的周末，我起床刷牙，站在洗手间的镜子前，胡子冒出一茬，像韭菜一样割了又长，我一边刮着胡子，嘴里一边哼着不知道名的歌。

冲了一杯燕麦，电视机前还有一包饼干，看了一下，还没过期，就这样，我的早餐解决了。

"吃过早餐了吗？"

"周末一般都有什么安排？"

她一连发了几条信息。

"刚吃呢。"鬼使神差地顺便拍了一张燕麦照片发过去。

她回复速度真快，马上发了个可怜兮兮的表情，并且配了一个酒酿蒸蛋照片，好丰盛的早餐。紧接着，她不厌其烦地告诉怎么做这个酒酿蒸蛋，说着简单，我倒觉得颇麻烦。

我们慢慢聊起了美食，我对美食真的见解不多，也不怎么挑食，无论北方菜、南方菜几乎没有不吃的。

很久没有跟人这么闲聊，感觉特无聊，几乎是在浪费生命，但思雅却乐此不疲，似乎有说不完的话，我后来就只有一个字，哦，呵，好。最后，我出门来到马路对面，进了一个理发店。

为了每月月初的营销和采购沟通大会，得理个帅气一点儿的头发，作为经理得有领导气势和风范，得换个行头了，那就从头开始吧，我心里这么想着。

"你好，哥，是理发还是洗头？"一进门，理发小哥透着一股娘娘腔的味道，听得我头皮发麻。

"我理发。"

"哥，要单剪还是洗剪吹，还是洗剪吹加按摩服务？"那小哥一边给我递水，一边给我介绍这三者区别，城里人真会搞事，以前去个小店，说剪个头发，没那么多名堂。

一听按摩服务，我立刻在想，难道这地还有特色服务？吓得我以为进了黑店，我四周观望，生意挺好，放眼看去，剪发，吹发，染发，做卷发，声音轰轰响，一片繁荣。

"那就来个洗剪吹。"

"哥，这边请，先帮你洗个头。"

小哥领着我进了屏风后面，里面甚是壮观，一排排躺着。给我洗头的是个小妹。活了20多年，第一次来这种高大上的地方理发，以前，为了省钱，随便找个简单的理发店，一剪完事。

"来，帅哥，躺下。"

我按照她的指示乖乖躺下，听着水流的声音及感受到她指尖传来的温度，我闭上眼睛，仿佛在享受着一场精神盛宴。

出来时，那小哥又问我要什么级别的发型师，要技师还是要总监，我一头蒙圈，剪个头发还这么多讲究？我问他有什么区别，那小哥又不厌其烦地给我讲解。

这个小哥真是服务到家了，每一个问题都是耐心地回答，我突然觉得不那么讨厌这个娘娘腔了，到底是真娘娘腔还是为了这岗位假装娘娘腔？但不管如何，生活不易。

"那就来个总监吧。"

然而，等了一个小时才等来传说中技术一流的总监。

"帅哥，你自己有想剪什么发型吗？还是我来给你设计一个？"

这总监总算没有娘娘腔了，但下巴却留了一小撮胡子，三角形，活像一个日本人，头上一边是光头，一边是一寸头，后脑勺最底下竟留了一缕辫子。

我惊奇这装扮能理出什么发型，我连忙说："我的发型不要太奇怪就可以了。"

他一听，笑了笑，说："你的脸型偏向国字脸，头型也比较正，不建议三七分，耳朵两边可以稍微剪短，留一寸，往头中间稍微留长，两三寸，稍微竖起……"

我点点头，我问他有发型照片可看吗？他给了我一张佟大为的照片，我一看，心里默想，嗯，确实帅。我点头的那一刻，那总监有模有样地开始干活了。

次日的营采会议，的确神清气爽，发型焕然一新，说话也掷地有声了。部门同事个个夸这个发型适合我，竟然还有人调侃我："铭哥，你以前那个发型早该换了，那个三七分又长，活像一个汉奸，这个多帅啊，挺像佟大为。"

话音刚落，全场哄笑。

我一惊，发型师果真厉害，没白花那一百多块钱，竟能把汉奸发型剪成明星同款，果然一分钱一分货。

可当年，张一楠说我打篮球时像流川枫啊，难道我一直还沉浸在流川枫的形象里乐不可支？但过去终究是要过去了，人不可能一直不变的，包括我的发型。

公司在全国各地迅速扩张，从社区小型超市到大型综合商场，但随着电商的发展，实体商超受到前所未有的冲击和挑战，尤其是华南大区一线城市销量猛降。

销售的日子不好过，采购也一样，天天开会，开会到深夜，天天研究如何突破。担子自然也压到供应商头上，价格、活动、堆头陈列、品类优化、品质优化、供应商优化、账期。

思雅就是在这场战役中，在公司对供应商的重新洗牌中，她所在公司的化妆品走进了我们的大卖场。

那天夜里，我加班后从公司大门出来已经是凌晨，很久也没有打到一辆车，寒风呼啸，我竖起领子露出了半个头，拿出手机发了个朋友圈。

约20分钟，一辆红色大众停在我面前，车门一开，一个穿红色高跟鞋，蓝色西裤，白色荷叶边上衣的女子露出淡淡的微笑出现在我面前，显得分外妖娆，是思雅，虽然只见过一面，但我却一眼认出了她。

"肖总，我刚刚看到你发朋友圈，我刚好经过这里，出去见客户准备回家，就顺便来接你了，住哪里，我送你回家吧！"她定定地立在那里，中规中矩，颇显女子的大方。我感动得快说不出话来，甚至为自己以前对思雅"哦啊好"敷衍词语感到懊恼。

原来思雅销售做得不错，竟然也有车了，我小看她了，曾经我不愿多理人家，实则，自己一个采购算个什么？还不是没房、没车，连女朋友都弄丢了。

我暗自嘲讽自己。盛情难却，上了她的车。

她倒像个老朋友一样，聊起家常，问长问短，也不提合作的事情。走到一半，我突然有些胃疼，才发现，晚饭还没有吃，我捂着肚子，脸色有些难看，她着急地问我怎么了，我告诉她找个地方吃点东西，我晚饭还没吃。

走街串巷，到处都关门了，只有麦当劳和肯德基，我想了想家里也没有什么可吃的，但麦当劳又不想去。

思雅看我纠结，说："肖总，这样吧，不嫌弃的话先去我住处，不远，就在附近了。我家里还有些面条，有胃药，我平时也偶尔胃痛，你也知道，我们做销售的，东跑西跑，有时候饿过头，胃就坏了。"

她一边打着方向盘，一边征询我的意见，眼里满满的真诚。

我点点头，额头冒出冷汗，许多年没有这样胃痛了，幸好碰上思雅，否则，这个夜里打不到车也许会痛晕在马路上。

从上车地点到她家大概十几分钟的路程，果然不远。她住一栋公寓楼，但环境比我那地方要好多了，家里收拾得很干净，井井有条，一室一厅，完全是一个单身女人的住处，我问道："家里就你一个人住吗？怎么电视还开着？"

"是呀，本人剩女一枚，前几天，我妈还给我介绍对象呢。哦，刚才出门忘记关电视啦。"她一边拿出一双拖鞋，一边说："将就穿一下，我马上给你倒开水，拿药给你。"

我一怔，她开始不是说去见客户经过我公司吗？怎么又说在看电视刚刚出来？她全然忘记了前后矛盾。我本想问她，话到嘴边，又吞了回去，不想去点破这个谎言，毕竟人家是好意。

思雅说完，跑到电视机柜子前抽屉里翻箱倒柜起来，接着麻利地倒了一杯开水给我。

我捂着肚子，躺在她的沙发上，喝了一杯热水，吃了几片胃药，她在厨房烧水煮面。我第一次看着一个毫无交集的女人在厨房忙碌的身影，我甚是感动。

吃了一碗面，似乎舒服了一点儿，也许是药效的原因，我却迷迷糊糊在沙发上睡着了。突然，我感觉到身上有些冷，眼一睁，立刻坐起来，身上还盖了一个毯子，看时间，已经是凌晨三点。

此时，思雅已经洗完澡，抱了一床被子立在我跟前。

我说："我该回去了。"

"哎呀，肖总，这么晚了，要不就在这里将就一下，早上再回去。"

她一边说，一边把被子放到沙发上，我看到她薄薄的睡衣下，若隐若现的乳房在跳跃着，我有点不好意思往后挪了一下。

我们四眼相对。

接下来，我却没有想到发展得那么迅速，思雅把被子放一旁，弓着腰，低着头，领口下露出嫩白的乳房，她的双唇缓缓凑到我的唇上，双手环着我的脖子，妩媚妖娆地看着我，我一惊，却顾不了那么多了。

干柴烈火。欲火焚身。

我以为思雅用这种方式勾引了很多男人，殊不知，这是她的第一次。

我一觉睡到天亮，第二天醒来，我逃也似的离开了她的住处。

我们好几天没有联系，等我们再联系的时候，却是谈合作的事情，她的第一次都给我了，我没有理由拒绝合作。

我不知道这是交易还是真情，难道那一次，思雅是故意的？我突然有些害怕这种以肉体交易的女人。但不管如何，那一晚，竟有一种虚竹掉进梦姑的冰窟里的感觉，让我们彼此欲罢不能。

公司在这一轮的战役中，经历了一场生死的危机，可我却在中间得到了前所未有的好处。

"肖总，快递收到了吗？一点儿小意思，请笑纳，密码是您的电话后六位。"

"肖总，明天周末，约您在高尔夫球场，有空吗？"

这一年冬天，我在美色和金钱的诱惑下，在我姐第七次打电话催我借十万块建房之时，我像洪水一样，冲开了一个决口。也在这年冬天，我开上了奥迪。

公司以华南为标杆，为解决冬天的危机派我去往西北地区出差一个月，指导区域按照华南模式大刀阔斧。

出差西北？那不是一楠的家乡？我兴奋又激动，出差前一天晚上，我从箱子里找出大三那年她送给我的那条咖啡色围巾，很多年没用了，但我一直珍藏着，当年被骗入传销，险些被销毁，幸好还被我找到。

"你织的？"

"喜欢吗？"

"当然喜欢。"

那年，在火车站出来，一楠送给我围巾的那一幕仿佛还在昨天。

我系上这条咖啡色围巾，踏上北方的土地已是春暖花开之时，这里没了南方快节奏的生活，一切变得静谧起来，毕竟这时的北方还如冬天般寒冷。

我给家里打了个电话，告诉爸妈一切还好，本来想给我表叔打个电话，电话刚拨出去又挂了。我突然不想打扰南南的生活，让他就这样长大吧，但我依然每月寄一千块给他作为生活费，这也许是我作为父亲最后的责任。

第十八章

你的城市

自从和思雅发生一夜情后，我们的关系似乎变得微妙又尴尬起来，既不像情人也不像朋友。比朋友更进一步，比情人又冷淡一点。

其实，我宁愿相信那是一场交易，毕竟我不想欠她的情，因为我还没有动情，至少现在。游戏王说，那是因为我还没有真正放下一个人。

也许，是吧。

来到一楠的城市，我会遇上心中一直没有放下的人吗？我们分别已经五年了，每到夜深人静，孤独的夜晚来临之时，我更加想念，我有时候会害怕，她还在人世吗？有没有想不开？她毫无征兆地不辞而别到底是为什么？这个问题一直纠缠着我。

安排好酒店，放下行李后，已是入夜时分。华灯初上，这是一座有着浓郁历史气息的城市。光是古老的建筑就能感受到中国历代帝王至近代中国的生生不息。

在中国有这么一句俗语："看十年的中国在深圳，看百年的中国在上海，看千年的中国在北京，看上下五千年的中国在西安。"

来自深圳的我，走了半个中国，终于来到了上下五千年的帝都。一直以来，对这座古城有着崇高的敬仰，因为它有着十三朝帝都的悠久历史，有着举世闻名的文化遗产，有着唐风秦韵孕育出来的别样风情。

我站在窗台，点燃一支烟，俯瞰它今日的容颜，仿佛看到了它昔日的风采，当年，秦皇汉武，唐宗宋祖，指点江山，大展宏图。

深夜，我在想，如果在这里能遇见张一楠，那么我们一定要一起去城墙上走一走，在古老与现代的交汇处紧紧相拥，告诉她，我爱她不论沧海桑田，海枯石烂。

不管这五年发生什么，我依然爱她。

次日，一缕阳光洒进窗台，起床后，洗漱完毕，收拾好昨夜的心情，毕竟，出差的首要任务是干大事。这次一起出差的还有集团张副总，他主管全国运营。

我压力很大，本来应该是我的顶头上司——集团采购李总和张副总来，但是，李总却把这个任务交给我了，其实我只管华南，这西北区域，让我一个不相关的人过来，我怕实施起来困难。

李总却说："华南区域在你的统筹改革下很成功，至少目前是，这次让你去，也是给你继续表现的机会……再说了，有张副总在，怕什么。"

如此云云，我便不好推脱了。

前段时间，听谣言说，李总的夫人，还有丈母娘，先后来他办公室大闹一场，最近他在闹离婚。关于这事，我一直害怕李总找我，我调入分公司任经理之时，他就告诉我，看了不该看的不要宣扬；我发誓，我确实没有宣扬。这事，跟我一点儿关系都没有。

我害怕这账，他算到我头上来，所以，他安排的出差我必须接住。

但天底下没有不透风的墙，即使我不说，还是有人知道，有人传谣，再说，这已不是谣，而是事实了。我曾经还羡慕李总家里城墙不倒，外面彩旗飘飘，如今，城墙要倒了，彩旗还飘否？

这次就算为了帮李总一个忙，让他解决好家庭纠葛，想当初是李总把我提拔上来的，为了报答他，哪怕赴汤蹈火也在所不辞了。

吃过早餐，我们没有通知任何人，直接去了最大的旗舰店。到达店里刚好是早上九点，管理层正在二楼办公室门口通道上开晨会。

我们以一个普通顾客的身份把上下三层逛了个遍，粮油区域缺货严重，日化产品和服装百货积压库存较久了，有些都蒙上了灰。

当我们再次来到二楼办公室的门口时，远远听到店总在训话："生鲜区，王主管，今天目标能不能完成？我跟你说，这个月要是还完不成就滚蛋！"

"林总，杀鱼档口人员还没到位，这个要问下人事，人员什么时候能到岗？"王主管站在人群里低声说，根本不知道这声音从哪里发出来的。

"人事刘主管，人员什么时候到位？再缺人，你也给我滚蛋！"

林总将目光扫向侧面站立的人事主管，我开始以为做 HR 的都是女的，心想，林总真行，女主管这么骂，哪里折腾得起啊。

没想到是一个男的，个子不高，戴着眼镜，有点乳臭未干的小男生的感觉。他用手扶了扶眼镜，点点头，并没有说话，但能看到豆大的汗珠沿着额头往下流。

"日化区，上周例会强调的库存清理，怎么还没有动静？连续半年没有完成任务，这个月要是再这样，你一样，也给我滚蛋！"

林总，今天要大开杀戒还是平时都如此？这个不得而知。但我从头听到尾都是滚蛋、滚蛋。

如今，90 后营业员听到滚蛋两个字，哪怕没有工资，他也会立马走人，走的时候还来一句："老子还不想干呢，赶紧把工资结了。"

"林总，我们这边还缺人。"日化区主管声音洪亮，并没有像生鲜区那样声音低得找不到人了。

"缺几个？"

"缺一个。"

"缺一个，自己上，这不是借口。还有，人事刘主管，为什么到处都缺人？再缺人，你自己给我顶上去。否则，开完会就给我卷铺盖走人！都是一群吃干饭的……"

林总话音刚落，"砰"的一声，人事刘主管倒下了。

大家一窝蜂围上去，赶紧扶起来，眼镜碎了一地。有人喊："啊，牙齿上下磕了几颗。"一摊血在地上，众人立刻打了120。

我和集团张副总进了林总办公室，静静等待林总。当他进来时，已经是十点半了，他这才发现，我们已等候多时，并知道我们刚刚目睹了晨会发生的一切，他的脸顿时由红转白。

"人没事吧？"张副总问他。

"医生说估计是低血糖导致晕厥，没有吃早餐。"林总站在那里，刚刚一副气势汹汹的姿态，一转眼气势却没了。

原来，每个人见到领导都是一副点头哈腰的姿态，只能说，打工不易啊。

"林总，管理呢，如果骂能把销售提上去，我就服你。但是，现在你也看到了，骂并不能解决问题，反而会导致士气更加低落，恶性循环。"

林总点点头，并没有多说一个字。

一个三十岁出头的店总突然被大驾光临的集团运营副总敲着桌子说，滋味确实不好受，如今，谁都在担心自己的饭碗。

销量上不去，团队一团糟，实体经济大环境也不好，难保自己的饭碗真被砸了。因为，他也听到华南区域就是这样，从各层管理人员，到商品供货商，大刀阔斧。

但他不曾想到这场暴风雨，来得太快，太猛，从华南一转眼就到西北，这势头挡也挡不住。

接下来的半个多月时间，我们几乎每天去三个大卖场，和张副总比起来，我是一个小喽啰，尽管我来公司五年了，但是，我觉得学到的东西比不过这里一个月的，从商品陈列到堆头活动，从单品促销到收银机制，从库存到损耗，从团队建设到基层员工管理，都能学到很多。

我认为张副总不愧为零售业的先驱者和佼佼者。华南的改革我并没有参与这些，我只管我的商品和供货商。但来这里就不同了，我天天跟着张副总转，果然，李总说得没错，这是一次学习和提升的机会。

后来，旗舰店的林总在半个月后被调离，下放到一个社区小店。人事主管磕掉6颗牙后很长时间无法上班，报了工伤处理，听说，一个月后，在我们离开之时已经递交了辞职信。

他说压力太大，干不了，干不了只能走人，自然有人接替你的位置，职场如战场，能经得住压力的就挺过去了，经不住的自然就被淘汰了，社会本是如此，弱肉强食。

这次出差快接近尾声了，每天跟着加班到晚上七八点，这天夜晚，天空下着小雨，我没有带伞，一个人在大街上走着，淅淅沥沥的雨水打湿了我的头发，远处飘来一首老歌：

我来到你的城市
走过你来时的路
想象着没我的日子
你是怎样的孤独

多么应景的歌词，我来到你的城市，可是却不知道如何找你。我站在路边拦了一辆的士，一上车，的士车上正在播放一个点歌平台，说送给某某，然后主持人说了一大段话，似乎是一个男孩通过电台对一个女孩表白。很有创意，我以前是怎么表白的？我似乎都想不起来了。

"师傅，这是什么电台啊？声音可以开大一点儿吗？"坐在后座的我，心里一阵欢喜，似乎找到了寻找一楠的方式。

"哦，这个是我们本地一个比较有名的交通频道下的一个点播电台，小伙子，听你口音是外地来的？"司机看了看后视镜。

"是的，来出差。"我拿出纸巾擦了擦打湿的头发。

听着司机讲这里的风土人情，美食，然后默默地记下了电台联系电话。回到酒店换了衣服，立刻打电话给电台，接听电话的是一个小女孩，声音很柔和。我说想点播一首歌，送给分别五年的女朋友，我跟她聊了近十几分钟，她很感动，让我写了一段话发给她，点播了一首陈奕迅的《好久不见》。

"一楠，我是肖铭，我来到了你出生的城市，吃着你曾经告诉我的美食，最重要的是，我终于看到了你跟我说过的北方暖气为何物，还有，我一直在寻找你，我在等你，我爱你……"

三天后，果然播出了，我静静地等待，以为会出现奇迹，可是，直到我要走了，依然没有接到来自西北的陌生电话。

是呀，这世界哪有那么多的奇迹出现呢！

为了庆祝这次改革的顺利进行，区域分公司安排了一次聚餐，说是尽地主之谊请我们吃个饭，张副总却说不宜破费，于是订了一个小包间，刚好一桌。我们悄悄地来，却要浩浩荡荡地走。

北方人喝酒都是白的，哪里像我们深圳来的，都是啤酒或红酒，他们说，你们太优雅了，要喝就喝大。于是，我想起了游戏王的婚礼，伴娘喝酒都喝死了。

这回，该不会被喝死吧，我心有余悸。

几圈下来，个个都称兄道弟，没有想到，张副总酒量这么好，也许都是练出来的。当我趴在桌上头都抬不起来时，还听到他们在谈笑风生。

从中午十二点一直喝到下午三点，又去了 KTV 包房，唱歌、喝酒。再继续喝下去，我估计真不行了，上了趟洗手间，吐了一地，胃被掏空了，拧着水龙头喝了几口冷水，洗了把脸，出来后，看到他们正带劲，个个狂吼。

我趴在沙发上睡了一会儿，又到外面抽了根烟，站在二楼的走廊上往下面大堂看，喏，今天有人结婚，装扮真气派，一对新人的婚纱照海报赫然立在大堂，新娘长得真漂亮。

咦，这人怎么如此熟悉？

第十九章

你成了别人的新娘

我一步一步扶着楼梯下来，上前看了看，是张一楠！这张脸，我怎么会忘记？我脑袋里全是她的记忆，五年来，我有多么思念她！

　　然而，当我们再次重逢的时候，却是在她的婚礼上？

　　我拖着沉重的脚步往里走，心情犹如上坟一般，脚下似有千斤重。里面的门半掩着，也许婚礼已经开始了，几个服务员站在门口，低声窃窃私语："新娘真漂亮，听说留学回来的。"

　　"是吗？难怪，能嫁个有钱人。"

　　"听说，新娘她爸妈是我们这市里机关单位的。"

　　"哎，这年头啊，有权势的才配有钱的，像我们这些灰姑娘啊，何时是出头之日哟，灰姑娘配王子都是童话里的。"

　　"那是，赶紧干活吧。"

　　我快步上前问："这是张一楠的婚礼吗？"

　　"是的，先生是来参加婚礼吗？这边请。"服务员不等我回答，很有礼貌地直接把我领进去了。

　　里面黑压压的一片，场面浩荡，音乐柔和，暗紫色的灯光下，一条一条的水晶从上面垂吊下来，一对新人在证婚人的见证下刚刚交换完戒指，似乎结婚感言都已经发表完毕了。很多的故事都是在证婚人问新娘同不同意的时候，有人闯进来大声说："我不同意。"

　　然而，我以为我也是如此，可是，即使是早来一步，我能说我不同意吗？我心心念念的张一楠，孩子他妈，已经是别人的新娘了。

　　我终于明白了，纯粹的校园爱情，终究是敌不过柴米油盐，我终于也能理解她最后给我留下的字条："肖铭，这不是我想要的生活。"

是的，一个过惯了饭来张口，衣来伸手的高干子女，怎么可能和我一个穷山沟里一无所有的人过一辈子呢？真是难为她陪我度过了那两个春夏秋冬，竟然还瞒着所有人生了我的小南南。

可是，我就快要成功了，为什么不等等我？

在觥筹交错中，在众人的举杯祝贺里，在璀璨的灯光下，我的泪水模糊了双眼，我站在后面的人群里，猛喝了一口红酒，呛得直咳嗽。这是她曾对我说过，喜欢这样的婚礼，浪漫优雅，虽然这一场婚礼我们都在场，但新郎却不是我。

我刚踏上这座城市的那天夜里，心里还在想，如果在这里遇见一楠，一定要和她去城墙上走走。站在历史与现代的繁华处相拥，告诉她无论沧海桑田、海枯石烂，我将永远爱她。然而，今天竟然真的遇见了，是奇迹，是偶然也是必然，那些信誓旦旦的誓言，今天回想起来却是多么可笑。

我手握着高脚杯，此刻该是上前打个招呼还是立刻离开，永不相见？在众人的举杯祝贺中，这对新人缓缓地走下舞台。

我为什么要进来？我不知道，我脑子里一片混乱。

上前去说什么？有太多要问的，可这种场合，我该问什么？问她这些年去了哪里？问她还爱我吗？这不废话，人家都结婚了，怎么爱？问她还想不想南南？难道要拆散人家的婚礼？

这一切都随着时间飘散吧，只能烂在肚子里，我猛吞了一口酒，放下酒杯，什么都不要问，准备转身离去。

"哎，这位兄弟，酒还没喝呢，您是曹总的朋友还是一楠姐的朋友啊？来，喝一个。"

我转身那一刻，被伴郎拉住了。接着，这对新人幽灵一般出现我面前。我们都怔住了，我和一楠四目相对，霎时间，连空气似乎凝固，我们都不知道开口说什么，一对新人面对我这个旧人，该说什么？我好像从来没有想象过这个场景，来得太快了，我毫无准备。

"你怎么来了？"还是她先开口了。两个若隐若现的小酒窝依然是那么动人，樱桃似的小嘴，我曾经是多么迷恋它，而今天却显得更加娇艳欲滴，但它却不属于我了。

"我路过，看到就进来了。"说完我就后悔了。

"一楠，这是？介绍一下。"新郎听我一说，有些蒙了，他看我的眼神也有些怪异，迫不及待地想知道我是谁。

"哦，我介绍一下，这是我大学同学。"接着，又给我介绍，"这是曹建。"

新郎带着金丝眼镜，个子比我矮一点儿，但和一楠却很登对，郎才女貌，他很大方地跟我握手，我们一同喝了一杯，我说了些恭维的客套话，但心里却在骂他：你这小子，我恭喜你个屁啊。

新郎喝完一杯，我看他那酒杯白色的就知道是开水兑了一点酒，喝完他说去招呼其他客人，走了。

此刻，千言万语，化作一杯酒，我又喝了一杯，一楠站着，显得急促，她说："你少喝点儿吧。"

"你怎么在这里？"接着，她又低声问我同样的问题。

我说我从深圳来这边出差，刚好在这吃饭，看到了。

"这些年你去哪里了？我一直在找你。"我喉咙有些哽咽，双眼直视她，似乎要把这些年没看够的容颜，这会儿统统看回来。

她说："我出国了。"

然后我不知道说什么，仿佛她离开的那一刻就在昨天，而今天就成了别人的新娘。

她问我南南呢，我说送人了。

我的眼里闪着晶莹的泪光，她似乎也一样，一楠低着头擦拭了一下眼睛，她说她那时得了抑郁症，她自己也不知道。当年她父母来学校，直接把她带走了，在国外接受了半年的治疗，我心疼地看着眼前的人儿。

我还是我，她也还是她，但时光已不复当年，岁月神偷将五年的光阴偷走了，我们曾经痛苦的带娃时光都已成为回不去的昨天。

这时陆续有人过来，我放下杯子，说了句祝福的话就离开了，我怕我会忍不住上前去抱抱她，我没有回头，也没有留下联系方式，我觉得没有必要了。离开酒店大堂的时候我的喉结在上下滚动，泪水早已模糊了双眼。

我知道，我的背影留在了一楠那悠长悠长的视线里，也许这才是她最好的归宿，也许，不去打扰不再联系，是对深爱的人最真挚的情和最后的爱吧。

我回到住处，蒙着被子终于哭出了声，打从记事起，我从来没有这么哭过，无论是骗入传销还是出来后找不到工作，都没有这么痛苦过。

一首陈奕迅的《好久不见》一直在单曲循环，听了一个晚上。

我来到你的城市

走过你来时的路

想象着没我的日子

你是怎样的孤独

拿着你给的照片

熟悉的那一条街

只是没了你的画面

我们回不到那天

你会不会忽然的出现

在街角的咖啡店

我会带着笑脸挥手寒暄

和你坐着聊聊天

我多么想和你见一面

看看你最近改变

不再去说从前只是寒暄

对你说一句只是说一句

好久不见

……

我没有吃晚饭，肚子里空空的，但我却忘记了饥饿，我躺在床上，头蒙着被子，脑海里全是一楠穿着婚纱的样子，像电影一样不停地重复播放。头昏昏沉沉的，直到凌晨一点才缓缓睡去。

我做了一个梦，梦见一楠在婚礼上正要戴上婚戒的那一刻，我箭一般地冲上去，拉着她的手就跑。她拖着长长的婚纱，穿了一双水晶高跟鞋，跑不动，脚崴了，我把她的鞋脱了，扛起她往门外冲，后面追来了很多人，我急得满头大汗，一直跑，一直跑，突然迎面一辆卡车把我们撞上了，我两眼一黑，血肉模糊地躺在路边，一楠躺在路中间，被呼啸而过的卡车轧成肉泥，一动不动，白色婚纱霎时间被染成红色，我呼天喊地，却没法动弹，恍恍惚惚我似乎去了另一个世界……然后在一大片雪白的梨花园树下看见一楠，我跑去抓她的手，却又消失了……

我在哭声中把自己惊醒，成了泪人儿，睁开眼发现枕头一片湿润，原来是一个梦，梦里如此真实。幸好，我们都还活着。

第二天，我离开了这座城市，再见，也许再也不见。我们都好好地活着就是对亲爱的人最好的安慰。

回到深圳，突然又拉又吐，虚脱了一般。曾经很多年，一个人吃饭、睡觉、上班，没有一楠的日子，尽管一切变得繁忙又空虚，但我一直相信，我会找到她，因为我们还有一根纽带，南南。可我不知道，所有的期待，现在都已化作了回忆。

"一楠，毕业后我们会分开吗？"我曾经在芳草萋萋的校园里仰望着星空问一楠。

"傻瓜，你瞎说什么呢？你可是说了要以身相许的哦。"一楠当时想都没想，用手指狠狠地点了一下我的额头，然后嘴唇凑到我的脸上亲了一口，惊得我以为得到了全世界。

然而，此刻，我突然感觉全世界都把我抛弃了。

我用手摸了脸，似乎还留有她唇边的余温，我突然害怕一楠真的从此在我的记忆里抹掉了，然后，这辈子，我们都慢慢地变得没有任何交集，逐步地老去，最后都化作凡间的一粒尘埃飘散在空中。

人生没有了期许，似乎一切都变得索然寡味，饭菜吃不下，整夜整夜睡不着，一个人如行尸走肉般飘移在这个城市，两点一线。

掰着手指头又过了一个夏天。

偶尔和思雅在微信里闲聊，但我们私下不曾再见面了。每次她提议出来吃个饭，我都以工作加班为理由推脱了，但她常常以工作之名来公司见我，她是我的供应商，我肯定要见的。每次来，她都带一些点心，要是心中没有创伤，也许思雅是一个很好的恋爱对象，尽管她的"手段"都被我尽收眼底，尽管她其中一个最大的目的就是成为我们公司的供应商，但是，傻子都看得出来，她是真心想追求我。

可是，我还能相信爱情吗？一楠结婚了，她是真爱吗？不知道，我不敢想，但是一楠在我心中的位置却没有人可以取代。

"肖总，你瘦了，最近怎么啦？"助理小倩有一天早上突然问我这个问题。

我摸了摸脸问："有吗？哪里瘦了？"

"你自己没发现？照照镜子，或者找个秤，体重一定下降很多，是不是身体不舒服？"小倩这么一说，我确实发现皮带已经缩了一节了，长时间不修边幅，很久不再照镜子了。

我笑了笑说："是吗？那挺好，正好减肥了。"

我妈给我打电话，又说起我那个小学同学颖子，在乡村当干部混得很好，现在还单身，媒婆都踏破门槛了，叫我婶也去给我说媒，我一慌，赶紧说："妈，没必要，我已经有女朋友了。"

话一出口，我就后悔了，哪里有，女朋友都已经跟人结婚了。

"哎呀，我就知道，我儿子能干，快，赶紧把女朋友带回来，给妈妈看看。"我妈一听说我有女朋友开心得不得了。

"妈，现在又不逢年过节，哪有什么假期？再说，刚谈就带上门不好吧。"我脑子一直飞快转动，想着如何忽悠我妈。

颖子，我小学同学，一个假小子，以前经常跟我们打架，后来不打不相识，跟我们男同学混。上了高中，不同班，大学以后就很少见面了，再后来她家搬到镇上去了，慢慢地就失去了联系。

再联系，去相亲？岂不是很尴尬？再说，小时候从玩泥巴，穿开裆裤开始就认识了，突然去说媒，也许她也会捂着肚子大笑吧。

不妥，绝对不能去，我从来没有想过要跟一个穿开裆裤就认识的女生结婚。

"那就中秋节带回来看看，你爸爸身体不好，想早点抱孙子呢，别等到老骨头都没了也看不到你结婚。"我妈一边说，一边眼泪就来了，她若去当演员还真可以，可生不逢时。

"好吧，我说说看。"看她不依不饶的，我先答应了，否则，她该吵个没完没了。

放下电话，我妈说到抱孙子，我突然想念起儿子。前几天，表叔打电话，说暑假开学之前带南南来深圳玩，我说挺好的，一来，我可以看看他；二来，也让他涨涨见识。一楠不辞而别五年了，再相见已经是别人的新娘，南南也五岁了。

这天刚好是周末，天刚亮，我就起床开着车去火车站接他们俩。表嫂没有来，说晕车。

远远地，我在栅栏外，看见这兔崽子一蹦一跳拉着表叔出来了，他遗传了一楠那若隐若现的小酒窝，额头却越来越像我了。

表叔说："快叫爸爸。"

他躲在表叔身后，不肯叫。我笑了笑，告诉他我车里有很多玩具，果然，他开心地叫了一声："爸爸。"但声音很低，低得连他自己都快听不见了，都说有奶便是娘，这会儿，有玩具便是爹了。

我请了一周年假，带他们玩遍了几乎所有的景点，世界之窗、锦绣中华、欢乐谷、小梅沙、动物园、东部华侨城，玩得不亦乐乎。从来没有出过远门，一个乡下的小孩来到城里，突然感觉世界好大。

在我们相处的七八天里，我感受到了孩子的单纯和快乐，可是，为什么这么小就要让他承受着没有亲爹亲妈在身边的痛苦？孩子是无辜的。其实他心里跟明镜似的，他似乎比同龄其他小朋友更懂事，他越是懂事，我越觉得心疼。

夜里，他说要跟我睡一晚。

躲在被窝里，南南问我："我问你一个秘密，你结婚了吗？"

我一惊，我不知道该怎么回答他，我想了很久说："没有。"我觉得大人在孩子面前要做一个诚实的人。

"那我是怎么来的呢？我是谁生的啊？为什么我有两个爸爸呢？"他一骨碌爬起来，两手叉腰，站在床上。

我不知道该如何接话，我转换了一个话题，然后哄着他赶紧睡觉，如果不睡觉动物园的老虎就会来咬人。他点点头，又钻回了被窝。

我拍着他的小脑袋说："等你长大以后，我再给你讲一个很长很长的故事。"

他信以为真地答应了，不一会儿，便缓缓地睡去，额头上渗出了许多汗，我用汗巾给他擦了一下，忍不住亲了又亲。当年南南刚生下来的时候，整夜哭泣，我和一楠都没有带孩子的经验，在寒冷的冬天，我几乎在地板上睡的，也许，一楠就是那时候患上了产后抑郁症。

年轻时犯下的错，酿出来的苦果，终究是要自己吃的。我不知道这些年一楠是如何度过的，她的抑郁症是如何治好的。所幸，她找到她认为最好的归宿，那就祝福她吧。

时间是最好的良药。

第二十章

危机

次日早上，表叔和南南要回去，南南马上要开学了。我开车送他们到火车站。挥手道别的那一刻，南南抱着我给他买的玩具，一步一回头，最后又跑回来凑在我耳边说："你答应了要给我讲个故事哦，不要忘记了。"

我的眼睛突然就红了，摸了摸他的小脑袋，说："放心，等你长大了一定会的，好好吃饭，睡觉，然后听话。"

他点点头，又说："要给我打电话，下次记得给我买积木。"

我说好，一定会的，他才放心地走了。

我站在火车站的送别台上，一直看着南南和表叔上车，直到一声鸣笛，车子尾巴望不见了，我才离开。

末了，我快马加鞭往公司赶，一周没有上班，积压了太多工作需要处理。我只有通过高压的工作来排解内心的伤痛。

不料，还在路上就不断地接到供货商电话，说在公司财务结款窗口，已经来过多次，公司都以盘点、账务系统没出账为由，拒绝结货款。

不一会儿，部门助理小倩也打电话来，说十多个供应商围在公司门口闹事。

我上周也接到几个类似电话，我不以为意，都告诉他们，财务会按照合同签约结款账期付款。挂了电话，我又拨打分公司财务中心资金组经理电话。

"曾经理，现在是怎么情况？是真的账没有出来还是资金问题？"电话一通，我迫不及待想知道是什么情况。

"肖总，上周开会你请假不在，你助理小倩没有和你汇报吗？公司现在半年度大盘点，确实账没有出来。另外，集团资金部资金周转也困难，需要采购和月结供应商重新洽谈，转季度结款，争取充分的资金周转。"

我慌了，也许实体零售业真正的冬天已经来了，财务状况问题才是公司最大的问题。

挂了电话，我妈大清早又打电话，我问她什么事，该不会又是相亲或者带女朋友回家吧，真是有点烦她了。

"小铭啊，你爸胃病又犯了，痛得厉害，一夜没睡。"我妈声音大得我耳朵都要震聋了，又惊慌又着急的。

我叫她赶紧带我爸去医院看看，如果需要住院，我晚点儿打钱回去。她说好，还想说什么，我把电话挂了，着急回公司处理事情。

我到达公司时，连办公室都没有进，直接安排洽谈室，我只能先做安抚工作。

"各位，我们合作也这么长时间了，我们公司也不是小摊小贩，干完今天明天不干，我因为上一个星期请假不在公司，公司的一些政策我没有及时传达给大家，这是我工作没有做到位，确实是因为半年度盘点，导致没有出账。"

我看了看他们都很认真仔细地听，我喝了一口水，又继续说："另外呢，上周公司会议要求，由于公司财务工作量大，所有代销供货商月度结款转季度结款。"我不敢说公司财务状况出问题，否则话一出口，一传十，十传百，全部停止供货，下架，那真的就是恶性循环，一发不可收拾。

"这怎么行？我们一个小工厂，一个月才结款，我们已经很吃力了，三个月才结，那我们还要不要活啊？"

"就是啊，合同已经签好。"

"难道你们想单方面毁约？"

个个都在附和，个别不讲话。

"各位老板，现在的大趋势，大家也看到了，实体经济普遍在下滑，你们痛苦，我们也一样痛苦，生意不好做的情况下，我们只能各退一步，这样才能长久下去，同舟共济。我们合同期是一年一签，合作好，每年续签，现在差不多还有一个季度合同到期，如果确实没法做下去，到期后可以不再续约，我们将会寻找新的合作商。"

我唱黑脸，这么强硬的态度也不是第一次了，这种活只能我来干。去年冬天大刀阔斧比这架势还严重，一样过去了。我相信，逼一逼，公司总能渡过难关。

话已至此，有个别已经拂袖而去，有些说回去再商量商量，有两个还不愿意离开，似乎还有话想找我单独谈。

"肖总，我想和你单独谈一下。"果然，小家电供货商老板要找我再单独谈，我犹豫了一下，我觉得刚才已经说很清楚了，没法再破例。

"陈老板，公司的规定，不是我个人能力能改变的，单独谈也是一样的结果。"我准备回办公室了，还有很多事情等着我去处理。

"肖总，只耽误两分钟。"他几乎祈求的目光看着我，也许谁都不容易，我点点头。

"能不能跟财务通融一下，尽快结款。我真的走投无路了，我老婆得了乳腺癌，还在医院呢；我之前还借了高利贷；现在员工闹着要发工资，否则罢工。虽然款项不多，但是工资能发下去。"他握着我的手，一个小家电工厂确实不容易，我点点头，这事我需要调查和沟通，我说三天左右给他答复。

他走后，我才发现还有一人在门口等我，看到都走了，他又进来，说："肖总，你看能不能通融一下，继续按月结，我知道，你有这个权利，这样，事成之后，我再给你这个数。"他伸出十个手指头，我有点怕了他，之前合作也是他给我塞了一张卡。

我连忙说不妥，我没这个能力。现在是关键时期，我哪里还敢顶风作案，一口拒绝了。

回到办公室，已是十一点了，召集各品类采购开了一个小时会议，要求下午就把邮件发给供应商，并再一个个电话沟通，把公司意思传达下去，没办法，硬着头皮也要干，不行就重新筛选供应商。

下午又接到很多供应商电话。思雅也给我打了，她公司还算大，不差这点儿资金，但她还是以此为由来公司找我了，实则是想见见我，又是带了点心。

我基本分给大伙吃了，她不太高兴，我们这关系，进也不是，退也不是，她问我第二天晚上是否有空，请我吃饭。在公司，为了避嫌，我从不敢和供应商吃饭的，但总拒绝她也不好，我想，总得找一个时间把事情说清楚，于是，告诉她明天再看。

一前一后，我把她送出了公司大门。

次日上午，我找分公司财务资金经理商量，看能不能把小家电供货商款先结了，通过各方打听，他公司确实陷入了财务危机，老婆还在医院等着救命，不仅如此，还借了高利贷，天天被逼债。

最后商量，确定下周一来结款，我通知助理小倩打电话通知他，半晌，说电话没有人接。我就纳闷了，昨天还要死要活追着结款，今天连电话都不接了，打了一个上午也无果。

下午，小倩告诉我，家电陈老板出事了，上午跳楼自杀了。

我一惊，一个大活人就这么被硬生生地打垮了？只能以死来结束？昨天还见面，今天就不在了。

说不在就不在了，一转眼便化作尘土，活着的人该如何是好？他老婆怎么办？不一会儿，他公司十来个员工还有业务经理拿着货款单来我们公司，浩浩荡荡，竟然还有媒体记者，我一慌，赶紧打电话给财务经理，马上结款。

款已经结了，十多万。

员工安抚后，我和他们业务经理聊了一下，询问是什么原因自杀，他告诉我：压力大，被逼债。

我站在落地窗台，点了一支烟，谁的压力不大？如果今天媒体报道供应商死因与我们公司也摊上一点关系，那麻烦就大了，无论如何需要一个替死鬼。

那么，这个人是我吗？我隐约感觉到这个位置摇摇欲坠，听说集团防控中心正在调查供货商贿赂问题，昨天我拒绝了人家的卡，难道不收礼也会得到报复？

我虽然一直坚持我的职业准则，但常在河边走，哪有不湿鞋？

天边如血的夕阳染红了整个天空，我拿起包，下楼到车库，下班回家。电话响了，是李总。

"肖铭，明天到我办公室一趟。"他的声音有些沉重，我不敢多问，"好的。"我回了一声之后，便挂了。

到底发生了什么？老板要炒我鱿鱼？我拖着疲惫的身子，加大了油门，我从罗湖的地王大厦沿着深南大道以100码速度一直开到南山，我有些累了。

不一会儿，思雅打电话给我，说今天是她生日，问我晚上是否有安排，我才想起，她昨天约我来着，但我确实有些累了，不想去。

没说上两句，我两眼一黑，撞车了……

第二十一章

失业

医院。

思雅坐在床边，一边给我削了个苹果，一边瞪大眼珠问："铭哥，你哪来的儿子？你不是没结婚吗？"

不知道何时起，思雅对我的称呼从肖总改变为铭哥，我也不特意去纠正，随她怎么喊。既然她问起，我觉得我有必要把我的一些事情告诉她，断了她想追求我的念头。

于是我跟她说："我给你讲个故事吧。"我絮絮叨叨地讲述了一个男人的大学恋情，甚至两人一不小心偷偷生了一个儿子，女朋友后来消失了，五年后在他出差的城市又奇迹般地遇见了前女友，这个男人亲眼见证了前女友的婚礼。

我以为，我唯有如此思雅才能死心，毕竟，我觉得我亏欠她，但我又不好直接拒绝，况且，她没有捅开那一层纱，可是，傻子都知道，她对我好应该是动了真情。

思雅认真地听着我给她讲故事，却不小心划破了手指。我一惊，赶紧按了床铃，叫护士拿了个小纱布做了简单包扎处理。

她是个聪明人，知道这个故事的主角就是我。

她笑了笑说："你讲得故事真好听，下次再给我多讲一点。"

我说："好。"

下午，她工作上有事要忙，我叫她先走了，不用管我。

隔壁床，上午去了手术室拆除钢板，次日便出院了。走的时候，那大姐拍了拍我的肩膀说："小伙子，祝你早日康复，那姑娘不错的，不要错过哦。"

于是，这个空荡荡的病房只留下我一个人，我又陷入了无限的空虚之中。

人这一生，多少是要经历一些坎坷的，若不是死过一次，定不会更加珍惜生命，我现在才明白，活着是多么重要。

意外，有时候是毫无征兆的，不知道哪一天自己就挂了。

这让我又想起前天跳楼自杀的陈老板，死去便是一捧黄土，他是了无牵挂了，可活着的人却会因为他的死而带来更大的痛苦。

我听着郝云的一首《活着》，听了一下午。

每天站在高楼上

看着地上的小蚂蚁

它们的头很大它们的腿很细

它们拿着苹果手机

它们穿着耐克阿迪

上班就要迟到了

它们很着急

我那可怜的吉普车

很久没爬山也没过河

它在这个城市里过得很压抑

虽然它什么都没说

但我知道它很难过

我悄悄地许下愿望带它去蒙古国

慌慌张张匆匆忙忙

为何生活总是这样

难道说我的理想

就是这样度过一生的时光

不卑不亢不慌不忙

也许生活应该这样

难道说六十岁以后

再去寻找我想要的自由

一年一年飞逝而去

还是那一点点小积蓄

我喜欢的好多东西还是买不起

生活总是麻烦不断

到现在我还没习惯

都说钱是王八蛋

可长得真好看

慌慌张张匆匆忙忙

为何生活总是这样

难道说我的理想

就是这样度过一生的时光

不卑不亢不慌不忙

也许生活应该这样

难道说六十岁以后

再去寻找我想要的自由

……

大概六点的时候，李总的秘书顾小琴进来了，准确地说是带着李总的问候进来的。

我不知道上次李总的离婚风波后来是如何解决的，我也不善于打听领导的八卦。总之，顾小琴还在岗，估计事情已经解决了。

　　"肖总，怎么样了？没大碍吧？"她笑吟吟的，依然是一身职业短裙的打扮，一头大波浪卷发自然垂落肩上，鹅蛋形脸上镶嵌着一个高挺的鼻子。

　　怪不得，李总对她着了魔似的，一个美人在身边，即便是唐僧估计也会破戒的，更何况，李总也已四十多了，估计他老婆早已人老珠黄了。

　　"还好，小命是保住了，多谢你这么有心，还专程来看我。"我示意她自己端个凳子坐下。

　　"不用坐了，我就站着，一会儿要走了，要谢就谢李总吧，这些水果，是他吩咐我给你带来的。对了，我下周离职，还感谢你之前大人不记小人过……"她并没有坐，立在那里像是汇报工作一样。

　　我喝了一口水，差点呛着，这么一个爆炸新闻，着实把我吓一跳，难道小三终于敌不过正房，甘拜下风？

　　"怎么突然离职啊？"我装着什么都不知道。

　　"回老家结婚喽。"她说话倒是挺轻松。

　　"那挺好啊，恭喜你，脱离单身行列，什么时候还来深圳？到时候我请你吃饭。"我觉得，她能找到归宿挺好的，总比当小三强。

　　"说不准呢，也许不来了，对了，工作上的事情，正在与新来的助理交接，你这边有什么事叫你助理小倩与我接洽就好了。"说完，她便准备转身离开。

　　顾小琴走了，我坐在床上，目送她离去。

　　连着几天，思雅并没有再来医院了，我知道，那天的故事起效果了。她是一个聪明的女孩，想要的就去追求，一旦发现这不是自己想要的便抽身离去，如此刚强却又果断的人，其实很适合干事业。这一点，我很欣赏她。

不知道为什么，却又莫名地伤感了。

一周以后，也就是我住院的第十天，医生通知我可以出院了。

那天，我早早地办了出院手续，在病房整理个人用品时，思雅却又来了，这是我意料之外的。

"铭哥，今天出院吧？我来接你，你车子不是都坏了吗。"她说完，便开始帮我收拾东西了。

"你怎么知道我今天出院啊？"我倒是有些惊讶。

"我打电话到护士站问的。"

我愣愣地站在那，看着她麻利地收这收那，我以为，除了工作，我们再无交集了。

这是思雅第一次到我家，我十多天没在家，也没来得及关窗户，地上桌上蒙上了一层灰，厨房里竟然还有剩菜剩饭没有倒，早已长毛了。

打开洗衣机，一堆衣服已经发臭了。

思雅并没有立刻离开，默默地帮我清理打扫，我说不用了，我自己来，她却撸起袖子，说干就干。

忙忙碌碌，一个上午，她累得满头大汗，最后还烧了两个菜。说实话，我突然感慨，厨房里有烟火，有个女人在忙碌，便觉得这就是家。

在吃饭的工夫，我妈给我打电话，千叮万嘱，中秋节要带女朋友回家。我才想起，半个月前她要给我去相亲，我便脱口而出骗她有女朋友了。

看来这下是逃不掉了，如何是好？挂了电话，我低着头，猛吃饭，思雅做的菜挺合我胃口。

她听到我们的对话，"扑哧"笑了一声，问："铭哥，你骗你妈有女朋友？"

“是呀，她非要我回去相亲，我便骗她了，谁知天天打电话给我叫我带回家看看……”

“这样啊，那下周就是中秋了啊，你咋办？”她倒是看起来很开心，终于看到我愁眉苦脸的样子，接着又说，“我给你想个办法，租个女友回去。”

我一惊，都不知道她怎么想出这样一个歪主意，但是我曾经听过很多单身男性，春节回家租个女友，难不成我也要这么办？

“哪里有女友可租？太贵了我可付不起。”我漫不经心地说。

“那你想出多少钱？如果你觉得我可以，我倒是可以帮你这个忙，我要价不高，包吃、包住、包玩即可。”说完，她倒是很轻松地把碗里的饭全吃完了，然后一边乐呵呵地看着我笑。

我突然差点被噎住了，我不知道怎么来接她的话，想了很久，只能大方地说：“好啊。”

“那一言为定哦，别说话不算话。”她嘛着嘴巴，收拾碗筷去了。

这个画面，我曾经多少次幻想这是我和一楠的生活，如今却是另外一个女人在我的厨房里晃动。

我的腿将就着下地走路是没问题了，但目前要一蹦一跳那是不可能的，还需要休养些时日。

但既然出院了，我得去一趟公司，“肖铭，明天来一趟我办公室。”这句话从出车祸到现在还一直在我脑子里记着。

第二天，我到达李总办公室的时候，顾小琴正在那里，签字办理最后的离职手续。我们寒暄了一下，签完字她便离开了，像是从未发生过任何事情一样，我突然有些同情她，当了几年小三，就这么走了。

“李总，不好意思，昨天刚出院，上次您找我……”我悻悻地立在那里，不敢坐。

"现在情况怎么样？没什么问题吧？"李总给我倒了杯茶，还示意我搬个凳子坐下。

我表示没什么大碍，可以上班了。

然而，李总很委婉客气地说："既然受伤了就该多休养些时日。"我马上接话："李总，没问题，我明天就可以上班，耽误了十多天，很多事情要处理。"李总话锋一转，说道："肖铭，你还听不明白吗？你的工作已经有人接替了。"

我一怔，问他："为什么？"

"肖铭，如果不是因为这次车祸，估计这会儿，你已经在拘留所了。"他看着我，一脸的严肃。

"李总，能说说是什么情况吗？"死也要死得瞑目啊，我几乎是用有些颤抖的声音在问，但我料定的没错，老板炒我鱿鱼了。

屋漏偏逢连夜雨。

前脚车祸，后脚连饭碗也没了，这事摊在谁身上都是难以接受的。我内心惊慌，却是一副无所畏惧的样子。

"肖铭啊，这次算你好运，要不是摊上车祸这事，住院了十多天，集团本计划要求公安介入调查你涉嫌经济犯罪，有内部员工及供应商共同举报，你在任职期间，利用职务之便收受供应商好处共计达上百万……"

不知道谁这么用心良苦，既然，职位已有人代替，那早已是蓄谋已久的事情。

职场如战场，一不小心，中枪身亡。

"李总，你觉得我一个小小华南区经理能收到上百万吗？现在零售实体经济也很不景气，你也知道，我车祸前一天，陈老板都跳楼了，为什么？因为没钱啊，老板们都没钱了，怎么可能有钱贿赂一个采购？"我也许还想再做些辩解，或者说想为自己正名，毕竟上百万太夸张了，这需要证据的，当然几十万是有的。

"你先别激动，举报是一码事，既然有人举报，那也绝对不是子虚乌有，也需要证据，我考虑到公司名誉，你也是我一手提拔上来的，所以，公安介入这事，是我压下去了。"他点了一根烟，也许他也明白，唐僧到了女儿国，有些事情也是迫不得已，他也是从采购上来的。

接着又说："陈老板跳楼之事，新闻媒体虽然没有直接说跟我们公司有关，但有报道他前一天的行踪，其中有一条来我们公司要债未果，是你接待处理的。"

躺着也中枪？陈老板自己死了，竟然也把我拉下水了。

公司资金出问题没有给供应商结款，这事也算我头上？他们在公司围堵闹事，是我把屁股擦了，最后却惹来一身骚。

公司需要一个替罪羊，没错，那就是我了。

我清了清嗓子说："李总，既然如此，我也没什么话可说了，那我明天就不来了，感谢您几年来的栽培。"

说罢，我准备起身走人。

"等一下，这就急着走？我知道，陈老板这事，你是冤大头，但是，没有办法。另外，运营那边需要人，不妨去先去那边待着，等风头过了，有机会再回来，这也是我能为你做的，你是个人才，我很赏识你。"也许是李总看我可怜，还想给我一碗饭吃，不至于立马就失业了。

我笑了笑，表示感谢，很明显是想炒鱿鱼又想做人情，或者说炒鱿鱼不想给赔偿款。

最后，我回到我曾经的办公室，现在也只能说是"曾经"了，收拾好个人物品便离开了我工作六年的公司，心中有许多不舍和愤怒，但也充满了感谢。

办公室所有人都看着我收拾东西，准备打包走人，助理小倩默默地帮我打包，我看到她流着眼泪，小声说："肖总，真舍不得您走，你教了我好多东西，我刚毕业您就招我进来了。"

"天下哪有不散的宴席呢，以后也许还有机会共事，好好干吧。"说实话，有这样的下属我挺感动的。

"肖总，凭你的能力，一定可以找到更好的工作，如果有好工作，不要忘了我们。"陆陆续续，其他几个采购员都围过来了，也许，我要被炒的事情早就在公司闹得沸沸扬扬了。

在门口，我抱着一箱子东西，车也没了，只能打的。不巧，遇上了思雅，我问她怎么过来了？她说过来结款。

我说以后工作上的事情不用来找我了，有人接替了，她一脸疑惑，问我什么情况，我大概说了一下，她愤愤不平，款也没结，说要开车送我回家。

我说不用了，她二话没说，搬着箱子放进了后备厢。

就这样，我离职了，变成了失业人士。

第二十二章

租个女友回家

李总说得没错，既然受伤了，就多休息些时日，我百无聊赖地在家里睡觉，听音乐，学英语，看电影，仿佛又回到了大学时代。

彻彻底底成了一个失业人士。

工作这么多年，第一次如此惬意地放松自己，本想一个人出去旅行，走走看看。

但答应我妈带个"女朋友"回去过中秋，本以为工作没了，我和思雅再无交集，租女朋友这事也会不了了之，谁料，她说既然说定了就不能毁约，于是，我买了两张回老家的高铁票。

这一刻，思雅是我女朋友，可却是租回去的。

到家已是次日黄昏，老家这时候已经需要穿两件衣服了。

平时，我爸这时是坐在门口，"吧嗒吧嗒"地抽着他的旱烟，然而，今儿却没见着，我在门口喊了一声"妈"，她在厨房听到我的声音，匆忙跑出来，乐呵呵地接过我和思雅的行李。

思雅叫了声阿姨，我妈笑开了花，她以为这就是未来儿媳妇了，我内心却忐忑不已，谁知道我妈一高兴，把陪嫁的传家宝都拿出来送给了思雅，这可就有点儿尴尬了。

电视剧不都这样演的吗？我心里嘀咕着。

"我爸呢？"我喝了口水，问我妈。

她脸色一沉，说："唉，我都没跟你说，上次检查，医生说是食道癌晚期，估计过不了一个月，所以你爸也不打算治疗了，现在躺床上呢，所以我才想办法叫你回来，但又怕耽误你工作。"

我妈说着，眼泪就出来了。

听罢，顿时，我喉咙哽咽，我终于明白，我妈为什么非要我带女朋友回来，原来是想要见最后一面。

"我上次打电话，问你情况怎么样？你还说没事。"说罢，我赶紧去了房间看我爸。

"我是怕耽误你工作。"我妈跟在我后面，给我推开了房间门。

我爸蜷着身子，昏暗的房间里两只眼睛放着光，我循着那光进去了，他半躺半坐着，背靠在床头，床边还吊着一瓶营养液，已经吃不下东西了。

我开灯，叫了一声："爸。"

我几乎要哭出声来，他点点头，从两片干裂的唇里吐出几个字："回来就好。"我握住他干瘪的手，那手早已被岁月风霜成树皮般书写着逝去的光阴。犹记得，大三那年春节，我从油桐树下摔下，我爸从水沟里把我拉起，我妈搀扶着，他一路背我回家，那时，我感觉我爸多么壮实，像一头牛。

我絮絮叨叨地陪他聊到深夜，他交代我，他死后就埋在屋后的小山坡上，就在那棵油桐树下，夏天好乘凉，冬天又暖和，那里可常年看到我妈，也能望见我归途的路口……

我已泣不成声，我知道他时日不多了。

夜里，我妈把床铺得好好的，知道我带女朋友回来，还特意去镇上买了红色四件套，我本不想和思雅一个房间，但为了不让我妈怀疑是租来的女朋友，硬着头皮也要睡在一起了。

也许这是我一生最低谷的时候，车祸受伤住院，车子撞坏了，接着失业，以为这是最坏的。没想到，回家后，晴天霹雳，我爸不行了。黑夜里，我睁着眼睛望着天花板，那是我爸一砖一瓦亲手建起的房子，如今，他却要走了。

我没有告诉我父母有关我发生的一切，如果他们知道此刻我没有工作了，心里定会很难过，就让我爸带着美好的心愿离去吧。

思雅一直在安慰我，像安慰一个受伤的小男孩，她抚摩我的头，轻轻拍打我的肩，我躺在她怀里如小时候躺在我妈怀里一样，此刻，也许这是全世界最温暖最安全的地方，在我心灵最脆弱的时候，她给了我力量和爱。

次日很早醒来，我去房间看我爸，他拉住我的手，指了指外面，他已无法开口说话了，我半天才知道，他想叫思雅进来，他把我们的手放在一起，紧紧握住，原来，他要我早点成家。

我突然想起了一首歌《父亲的散文诗》，泪流不止。

一九八四年

庄稼还没收割完

儿子躺在我怀里

睡得那么甜

今晚的露天电影

没时间去看

妻子提醒我

修修缝纫机的踏板

明天我要去邻居家

再借点钱

孩子哭了一整天啊

闹着要吃饼干

蓝色的涤卡上衣

痛往心里钻

蹲在池塘边上

狠狠给了自己两拳

这是我父亲

日记里的文字

这是他的青春留下

留下来的散文诗

多年以后我看着

泪流不止

可我的父亲已经老得像一个影子

一九九四年

庄稼早已收割完

我的老母亲去年

离开了人间

女儿扎着马尾辫

跑进了校园

可是她最近有点孤单

瘦了一大圈

想一想未来

我老成了一堆旧纸钱

那时的女儿一定会美得很惊艳

有个爱她的男人

要娶她回家

可想到这些

我却不忍看她一眼

这是我父亲

日记里的文字

这是他的生命留下

留下来的散文诗

几十年后我看着

泪流不止

可我的父亲已经老得像一个影子

……

是的，我的父亲老得像一个影子，在昏暗的灯光下，蜷缩在被子里。似乎昨日还踩着脚踏车带我去看电影，今天却已奄奄一息。

一个人将要离开这个世界，内心在想什么？定然是很痛的，毕竟有太多放不下的人和事。

他担心池塘边的鱼是否喂饱，他年年期盼稻田里的谷子丰收，他舍不得丢下跟随他一辈子的烟斗，他担心我还没成家，他更放心不下陪了他几十年的老伴儿，所以，他说要把他埋在屋后，死后能常年看到我妈。

我爸去了，是在我回来的第三天。

"你这老东西，怎么这么早就把我丢下了，以后我该怎么办啊，呜呜……"我妈哭天喊地的，整个村子都能听到那号啕大哭的声音，尽管她知道我爸时日不多，从医院回来时，医生就告诉她，活不过三个月，但我妈还是接受不了我爸的离去。

我更是毫无准备，一时真的难以接受，人这一辈子，最痛苦的莫过于，子未成家父已不在了。

我姐带着孩子还有我姐夫，匆匆地赶过来，我姐夫见了我算是客气，毕竟我借了十万块给他们建房子。说实话，要不是我姐催了七八次找我借钱，也许我今天也不会失业。

但这一切，我不能告诉他们，也没法说，那钱我也不打算找他们还了。

第七天，我爸下葬了。我妈说，那棺材是从医院回来后第二天，我爸自己拿着锯子去山上砍了两棵长了十年的老杉树，找了木匠做的，有一口留给我妈，找了油漆工，刷得发光，发亮。

思雅充当了父亲准儿媳妇，给他戴孝了。这个债如果要还的话，我深知，也许只有情。

我爸走了，他生命里只留下了庄稼人不朽的精神，以及对我们无私的爱。我妈没了往日的笑容，也没了那如雷贯耳的声音，一个人默默地在厨房里忙碌着，眼睛里不时流着泪。

我姐出嫁了，我爸也走了，家里留下我妈一个人孤孤单单，我也要去深圳了，我要重新开启我的人生之路。

可是，这路该怎么走？我站在人生的十字路口，回望我父亲的坟……

第二十三章

创业之初

回到深圳后，我坐在房间的电脑桌前，抱着头，彻夜难眠，整整思考了一天一夜。

继续找工作吗？也许这是最稳妥的，至少收入来源稳定，但我却又不甘于平庸，难道我的理想就是这样度过一生的时光？

我正在苦思冥想的时候，思雅打我电话了，自从她帮我充当了一次女朋友后，我们的关系似乎更近了，应该说，她更加关心我了，而我并没有拒绝她的好意，我觉得我欠她的。

她问我吃晚饭了没有，我说没有，不一会儿，她便打包了一份盒饭过来。

她问我有什么打算，我说我想创业。其实，当我说出"创业"这两个字的时候，我脑子里依然没有想好做什么项目，做什么产品。

她问："有想好做什么项目吗？"

我摇摇头，目前我手里最多就四五万余钱，父亲过世，家里花了一些，借了十万给我姐建房，又买了车，以后几乎没什么存款。但我不知道自己哪来的胆子说创业，没个十万储备资金什么都搞不成。

"我做化妆品类销售七八年了，对这一行了解得多一点，其他的我不太了解，现在很流行纯手工类的产品，比如手工皂，无添加，安全。"

她拿出手机翻出朋友圈，说某某在做微商，90后，自己手工DIY香皂，卖得很好，招了很多代理，一年时间就买房了。

我一听来兴致了。

她看我这么有兴趣，把人家朋友圈翻了个遍，我饭刚吃完，嘴巴一抹，打开电脑，开始做功课，查询了很多相关资料，制作流程。

思雅趴在桌上，拿了一张 A4 纸，涂涂画画，把别人的销售模式，专业销售话术抄了个遍。

不知不觉已经晚上十一点，我像打了鸡血一样，依然没有睡意，我叫思雅先回去，我自己再研究一下，她却说不急。

根据介绍，手工皂的制作流程相对简单，自己就可以在家 DIY，我准备先试验一下，说做就做。我立马就在网上买了些原材料，皂基（选用最好的，无荧光剂）、玫瑰花、大麦若叶青汁粉，从老家带了一大罐蜂蜜，本来打算自己喝，这下可以派上用场了，纯天然土蜂蜜，我父亲养的蜜蜂。

等我买完，一看时间，凌晨一点，我转头看思雅，她已经趴在桌子上睡着了。睡得真香，也许她真的累了，跑一天市场，还给我买饭，如今趴着就能睡着，我有些亏欠又有些感动。

我轻轻地把她抱起放我床上去，虽然有些重量，但对于我来说还是轻而易举，我帮她把鞋脱了，今晚就在这将就一下吧，也不是第一次睡一个房间了。我准备出去洗个澡，她却扯着我的衣袖，叫我别走，我猜她是做梦了。

我坐在床沿，伸手捋了捋她的刘海，她醒了，我们对视了一秒，她双手攀着我的脖子往下扯，我没忍住，亲吻了她的唇。

孤男寡女共处一室，如饥似渴，恨不得把对方吞了。

次日，一缕阳光透过窗帘照进房间，我睁开眼，思雅在我的臂弯里睡得很甜，如婴儿般。

我抽了一下被压麻的手，酸酸的。她醒了，手抚摩我的脸，问我："你会嫌弃我只有高中学历吗？"

我摇摇头，点了点她的鼻子，也许她一直都很自卑自己的出身和学历，我又何尝不是农民的儿子？随即我把她拥入怀里。

在我人生最低谷的时候，有一个女人对我如此之好，我觉得我不能辜负了她。

从这一天开始，思雅真正成为我的女朋友。

第三天，我收到货，自己在家里倒腾起来。其间接到五六个猎头电话。

"您好，请问是肖铭先生吗？我是驰骋猎头顾问，我这边有家公司很适合您，有意向面谈一下吗？"

"您好，肖先生，我是巨人猎头顾问，有没有兴趣应聘华商连锁采购总监岗位，年薪30万。"

我都一一拒绝了，我一心想着"干大事业"。

按照制作流程，先把皂基通过加热融化，然后搅拌，添加不同功效纯植物，如玫瑰，大麦若叶青汁，蜂蜜，还可以添加维生素C，像打鸡蛋一样不停搅动，最后倒入模具盒。

大功告成，等待风干，约4至6天。

等待是一个煎熬的过程，既然需要一周左右，那就出去走一走，看看外面更广阔的天空，于是我订了前往丽江的机票。

思雅请了一周的假，她为了陪我去丽江，硬着头皮又请假。最近总是请假，她老板有些意见了，但没办法，她是销售猛将，又不能把她开了。

我们去了丽江古城，里面有很多纯手工制作的小玩意儿，我们一直在留意纯手工皂，有一家，确实做得很精致，纯手工现做现卖，我们蹲在老板旁边，看着她做了一个上午。那是两姐妹合伙开的小店。

我们聊了很多，我问她有没有其他销售模式，有没有招代理，她说目前主要是实体店针对游客销售，有些游客也会加微信，然后邮寄，暂时没有大规模去招代理，毕竟纯手工做出来的东西数量有限。

我们每种功效购买了一些，加了微信便离开了。

接着我们去了昆明花市，为什么会想到去花市，其实我自己也不知道，总之，觉得来了春城，就应该去看看花，琳琅满目的鲜花，思雅喜欢花，应该说所有女孩子都喜欢花吧，她开心地手舞足蹈，有那么一刻，恍惚中，我把思雅当成了一楠。

第一次出来旅游，竟然是带着思雅，而不是一楠。我们以前说，毕业后找到工作，赚到钱，去丽江，去海南，去台湾，去西藏，游遍整个中国，可是，说好的旅游也许成为这辈子的遗憾了。

和思雅认识这么久，我似乎还没有送过任何礼物，我突然觉得很愧疚，随即，我找老板买了一大把玫瑰，一大把勿忘我。

我跟她说："喏，这个送给你。"

她扑哧笑了一声："你就这样送礼物的啊？"接过花，看她开心的样子，一脸心满意足，没了曾经女强人的模样。

看着这么多鲜花，我突然想到，手工皂需要加入玫瑰的话岂不是可以和花市花农合作？我即刻要了他们的名片，也许以后可以派上用场。

当时花市正在举行一个公益插花培训，我们随即进去听了半天，原来插花也有很多讲究，尽管我是个门外汉，但我忽然对鲜花也有了很大的兴趣。

这是一趟很有意义的旅行，因为是带着考察市场的目的，所以感觉收获很大。果然，外面的天空很广阔，能收获很多我们曾经一无所知的东西。回来已经是第五天，我迫不及待地打开模具，虽然没有丽江两姐妹做得漂亮，但也是我意料之外的精美，各种形状，有心形、有方形、有圆形、有花瓣形，添加不同的植物，香皂的颜色也会不一样。

我立刻拿了一块添加蜂蜜的香皂洗了一把脸，感觉很滑，一股蜂蜜的味道扑鼻而来，正宗土蜂蜜不掺假，味道当然纯。

每一种功效我都拿来尝试，我从来没有想到有一天我能连续洗这么多次脸。我让思雅用用，她带了一块儿回去，她说："挺好，无色素、无添加，安全可靠，但是泡沫较少，这个需要改良。"

我用买来的牛皮包装纸包好，准备送两块儿给隔壁邻居。那个大学生模样的清纯女孩，她叫小凡，自从上次我参加游戏王婚礼时我们一同坐车去车站后，后来经常碰面会打招呼。

我敲了敲她的门，她探出头问："肖铭哥，什么事啊？"

"小凡，这个是我女朋友自己做的手工皂，纯天然，无添加，你看喜不喜欢，送给你也用用看，到时候告诉我们反馈效果。"我不敢说我一个大男人在家里实验做手工皂，怕人家不敢用。

她欣然接受了，还很开心，说谢谢我。

根据思雅的反馈，以及她在化妆品行业待了多年的经验，我们不断地尝试改进制作工艺。我还加了丽江女孩的微信，她人挺好，在技术上我咨询过她很多问题，她都一一告诉我并和我探讨。

我之后又去皂基工厂参观，我要确保用最好的原材料，其他添加的辅料我自己亲自采购，我是做采购出身的，这一点，我有优势。

经过反复试验，我觉得我可以开始出售了。然而，现在面临着销售渠道问题，东西做出来后卖给谁？怎么卖？这才是关键。

我曾经也是一个做销售的，卖大米那段时间吃了不少苦，大米人人都要吃的，可这香皂怎么推销呢？

对，先去注册一个品牌，我和思雅商量着叫什么名字好，想了很多，如：雅倩纯手工皂、名雅纯手工皂、思铭纯手工皂，基本都是取了我们名字的一个字。

后来一拍即合，用"名雅"注册，注册资金十万，我们一人一半，我没有钱了，只能拉她入股。

我苦思冥想，最终决定把那辆撞坏的奥迪在二手交易市场卖了，几十万的车才卖了八万，我终于又变成了一个没房没车的人。

但我比任何时候都有冲劲儿，每天像打了鸡血一样。凌晨五点起床跑步，我深知，身体是革命的本钱，自从我爸得病去世后，我发现健康最重要，没了健康一切都是浮云。

吃完早餐，写项目策划书，找熟人朋友设计包装，设计广告语，跑印刷厂……每天晚上十点到家，凌晨睡觉。

为了节约房租费用，思雅把房子退了，搬过来跟我一起住，搬过来的这一天是我们认识的四周年，我们同居了。

一个月后的清晨，我跑步回来，思雅告诉我她怀孕了。

第二十四章

我结婚了

在我毫无准备的情况下，思雅肚子里有了我们的孩子。

我脑子里"轰隆"一声，怎么办？我们不是做了避孕措施吗？未婚先孕？对于一个男人来说，最负责任的态度就是给予对方婚姻，那就结婚吧。

于是，没有做任何筹备，我们俩匆忙去民政局领了证，没有婚礼，也没有仪式。

我想，这是她一生的遗憾。

"你会怨我吗？"领证那天，我在民政局门口的照相馆问她。

"怨什么呢？"她歪着头问我，那时天气有些微冷，她穿了一件红色风衣，显得很喜庆，脖子上系了一条湖蓝色的丝巾。

"怨我没有给你一个像样的婚礼啊。"我点了点她的鼻子，看着她一脸的幸福，曾经看似干练的职场女强人，如今却小鸟依人。

"不会啊，我觉得嫁给你就已经很幸福了，只要你不嫌弃我就行，我从小缺少母爱，父亲是个赌鬼。"她一讲起家庭就有些落寞。

思雅是奶奶带大的，母亲在她三岁时因受不了父亲赌博而与父亲离婚，再也没有回来过。

所以，她从小独立，吃了不少苦。在她 19 岁出来打工那年，奶奶一个人在家突发脑溢血去世了。

也许，只有经历过苦难的人才更懂得惺惺相惜吧，我以为我们也是如此。

领证前一晚，我喝了一点小酒，然后一个人在黑夜里行走了一个小时，站在车水马龙的十字路口的天桥上，霓虹的灯光在闪烁，似乎也在向白天告别，而我却在向青春告别。

曾经的刻骨铭心、海誓山盟，我以为这辈子会放不下，过不去。其实，放不下，过不去又如何呢？生活还是要继续，然而，这世界没了谁一样要转，依然不曾改变日出而作日落而息，也许这就是人生。

青春是一场无疾而终的旅行，还没来得及领略沿途的风景便已匆匆告别。

结婚这事，我没有大张旗鼓奔走相告，只打了两个电话，一个是我妈，一个是游戏王。

"恭喜恭喜，终于是摆脱单身行列的人了，说明你已经放下了张一楠。"游戏王在电话那头，优哉游哉地喝着茶，一边看报一边讲电话，这是很多人都羡慕的工作和生活，然而他却说腻了。

我跟他聊起最近准备创业，他拍手叫好，说我终于可以干点儿有梦想的事业。其实，谁都知道我也是迫不得已，被炒了鱿鱼。

游戏王告诉我以前宿舍的阿文也自己创业了，听说做得有模有样，自从毕业后我就没有和阿文联系了，其实挺想念他，游戏王给了我阿文电话。

挂了电话，我即刻和阿文联系了。准备自己创业以后，我有意无意地到处联系熟人，看看有没有好的见解或创业参考，或者有没有合作销售的可能性。

阿文，还是一如当年，说话腔调都不曾改变，改变的也许是一个人的阅历和见识，听到是我，他也喜出望外，感叹时光飞速，一晃毕业六七年了。

他问我是否有找到一楠，我说找到了，他说祝福我们。

我苦笑了一下，告诉他我找到的时候是在她的婚礼上，而我也结婚了。我问他过得怎么样？他说还没有对象，最近忙生意，没有时间谈恋爱，也没有碰到合适的人。

都是在路上奔跑的人，我感慨了一声，我说有空来深圳玩，我做东，他说好。

匆匆数年，也许再见也不复当年了，不知还能否再聊篮球、聊宿舍、聊饭堂、聊挂科，最后一次见面是给我儿子喂奶粉，三个男生手足无措学做奶爸，而今时光都已老去。

思雅没有离职，也不敢离职。在我们还没有任何业绩的时候不敢轻易辞职，否则就要断粮了。于是，为了不被炒鱿鱼，她更加努力地去做她的本职工作，怀孕两个月了，依然早出晚归，跑市场。

我在附近写字楼租了一个 50 平方米的办公室，一半用于办公，一半用于生产手工皂，我自己一个人做，经过百次实验以后我觉得可以出售了，网上开了店铺，一周下来，无人问津。

急得心里如热锅上的蚂蚁。

那天，我正在想是不是要走微商招代理的模式，电话响了，是我隔壁邻居，2 个月前送了两块手工皂给她，我差点都快忘了找她问使用效果。

"肖铭哥，我是小凡。"她细语轻声，我心里七上八下的。

"你好，小凡，什么事啊？上次送你两块香皂，我后来都忘记问你用得如何？"我迫切希望得到肯定的答案。

"肖铭哥，我就是为这事给你打电话的，香皂挺好的，我送了一块儿给我杂志社的同事用。"

什么？她在杂志社上班？我竟然一点也不知道。

她接着又说："肖铭哥，这手工皂你女朋友还卖吗？我们用了都觉得挺好的呢，平时早出晚归又不好意思去打扰你们。"

"卖呀，肯定卖，你买，我给你买一送一。"我太激动了，差点儿要跳起来，说完有点儿后悔，觉得自己情绪过了。

"那好啊，今晚我来你家拿。"说完，电话挂了。

我终于卖出了一块香皂，几十元，竟然如此开心，比我第一天上班卖出一包大米还高兴百倍千倍。付出终究是有回报的，我自己做出来的产品终于得到了认可，哪怕是一个人，我也觉得很有成就感。

这是我卖出去的第一单，意义非凡，真的非常感谢小凡，在我此后的创业路上这第一单给了我巨大的动力，可以说，也许没有这第一块皂的出售，可能我接下来会很难坚持。

晚上，我们在吃饭的时候，小凡来敲门了。

我客气地叫她进来，然后我给了她宣传彩页，还有前几天才做好的手工皂，我每样都拿了两块，有玫瑰的，有大麦若叶青汁，有蜂蜜的，说了买一送一，买三块儿送了三块儿，她很开心。

我有意无意透露，我们准备大量生产，打开市场，如果用得好，可以帮忙推广，然后给提成。聊了很长时间，她似乎很有兴趣，毕竟产品本身质量好，无添加，纯手工。

于是，一周后，小凡成了我的第一个代理商，不用拿货囤货，一件代发，三块儿包邮。

她很积极地在公司同事中推广，她自己又买了十几块儿，给有意向的同事送去试用，我看她这么用心做，我给了她十几块儿样品，试用装，皂稍微小一点儿，一个杂志社小助理竟做销售也能这么厉害，我有点刮目相看。

一个月下来她卖了60块儿香皂，比我预想得要好。后来我才知道，她写了一篇关于手工皂的软文，很多人留言，她一一回复，然后私信。

这给了我很多灵感，90 后其实比我们想象的要更加努力。

实体零售压力越来越大，也许和这如火如荼的多样化微商销售模式有相当大的关系。思雅压力也大，一个区域销售经理，每天还跑市场，可想而知，实体市场也是很难做的，我劝她离职算了，很辛苦，她却说再坚持几个月。然而，意外发生了，三个月刚过，思雅突然肚子痛得厉害，还伴随着褐色分泌物流出。

我们飞速跑去医院，挂了急诊。思雅痛得有点受不了了，嘴唇都发抖。

"先去做个 B 超看下。"医生二话不说，开单子叫我们去做 B 超。

等待是一个煎熬的过程，幸好急诊可以优先检查，然而，B 超发现已经胎停，没有胎心跳动了，需要马上手术。

思雅出来时，已经泪流满面，拿着报告去找医生，医生告诉我们需要赶紧住院安排做手术。

思雅进手术室的那一刻，我脑海里突然闪现出一楠当年进手术室的情景，一楠拉着我的手，冰冷，我催促她进去，已经叫号三遍了，可是刚进去她就跑出来，拉着我下楼，说不做了，她感觉到肚子动了一下。而如今，我和思雅的孩子没有胎心跳动了，我等了许久，时间一分一秒地过去。

我生命中两个爱我的女人都同样经历这一刻，我没有理由辜负她们，唯有努力赚钱，给予更好的生活才不负她们。

第三天出院了，医生嘱咐思雅需要卧床，多注意休息，小月子也很关键，如果没休养好会落下病根。可是，谁伺候？我每天也很忙，忙着到处招代理，网上推广。

于是，我和思雅商量，叫我妈过来照顾她。就这样，我妈终于离开了那个生活了几十年的小山村，她来到大都市。为了照顾她的儿媳妇，家里的一亩三分地也从此荒芜，空荡荡的，我爸的坟头也早已长满了草。

习惯了大声说话，走路带风的她，到这里住很不习惯，连坐电梯她都不敢，去市场买菜，她天天爬十几层楼。

一室一厅实在太挤，趁隔壁两房搬走，我们搬过去住了。

思雅想请半个月假，公司以各种理由不批，一气之下，她离职了。从流产到离职，她心情很郁闷，我这边创业又还没有业绩，加上我妈做的菜也不太合她口味，她吃得不多，成天气鼓鼓的。

我妈又不高兴了，婆媳关系慢慢变得有些微妙。

我妈嘴上不说，心里一肚子气，辛辛苦苦爬楼梯买菜，做了还不吃。我在中间就显得很为难，我以为慢慢就会好，没想到，思雅却自己做饭了。

我妈一气之下说要回老家。

夜里，我推了推枕边的思雅："我说你以前不是挺懂事的吗？怎么跟一个老人计较呢？"我的口气似乎有些埋怨。

"我自己动手做饭，我还错了？"思雅显得很委屈。

"我不是说你有错，你喜欢吃什么，不喜欢吃什么，可以和我妈沟通嘛，你以前说从小缺少母爱，现在把我妈当作你自己亲妈看待不就得了，她人挺好的，就是说话大声，比较直，心眼儿不坏的。"我承认，在婚姻里我还没学会如何去好好经营。

"我还做着月子呢，刚做了流产手术了，你懂吗，我看你压根儿就不爱我，我看衣柜里，你一直放着前女友送的围巾，你舍不得扔，我问你，心里是不是还有她？"思雅的思维跨越太大了，从吃饭说到衣柜围巾。

"过去的事情我都和你说过了，现在我们都结婚了，说这个有意义吗？今天讲你和我妈之间的事情，怎么扯到围巾呢？"

"我问你，扔还是不扔？"思雅步步紧逼，恨不得一脚把我踹下床。

为了息事宁人，我立刻答应明天就把它扔了，这是我和思雅结婚以来第一次发生争吵。

第二十五章

合伙人

第二天，我在办公室时，我妈打电话给我，吵着说要回家，问其原因，说思雅把我衣柜的围巾拿出来烧了，她买菜回来，刚好看见，两人起了争执。我妈说她败家，不会过生活，好好的围巾为什么要烧了。

　　我也不多解释，挂了电话，赶紧回家，到家后看到阳台垃圾桶里留下围巾未烧完的残留物，我的心一阵揪痛，就像藏在胸口的一块儿肉被活生生地挖了出来，气头上，本想冲过去一把抓住思雅，问她到底想干什么，可理智还是战胜了冲动。

　　烧了也好，过去的情也许随着围巾的烧毁将会慢慢地遗忘，或者说只能深藏在内心深处的某个角落，有些伤口需要独自去承受。

　　我妈虽然嘴上说走，但也许心里还是希望我能把她留下来，毕竟回去也是一个人，孤孤单单，希望我能做好思雅的工作。

　　我尝试多次似乎也做不了她的工作。本来看似贤淑的一个人，突然暴露出生活里最真实的一面，看来，曾经的一切温柔贤惠都抵不过婚后的柴米油盐。或者说曾经的一切都是假象，为了追求我，引起我的好感，并成功将商品进入我们公司，三更半夜开车来公司接我，谎称是路过，这一切我都看在眼里。

　　爱一个人可以为其付出一切，终于得到了还想得到更多。其实每个人在爱情里都是自私的，毕竟我也爱过，但是，婚姻让对方没有了空间，连空气都会变得焦躁不安，当然，爱一个人没有错，有时候我也很心痛她。

　　终究，我妈还是回去了。

我送她到高铁站，她一个人，我又很不放心，幸好遇到一个同路的老乡，我拜托她帮忙照顾一下，买了一大堆零食、水果让她们带上，在车上吃。

我妈累了一辈子，女儿出嫁了，少来夫妻老来伴儿，结果老伴儿也病倒去世了，留她一个孤寡老人，最后想在儿子这里享个福，竟然还这么不开心。我看着她远去的背影，心里不是滋味。

但那又怎么办？也许我妈会怨我有了媳妇忘了娘。等我赚到钱了，经济条件好点了，我再接她过来，我心里默念着。

思雅离职后也没再去找工作了。

我俩做了一下分工，她正式接手我这边市场销售方面的工作，我主要负责产品研发生产和出货及后方管理。

她打前锋，我管后方。

她做化妆品七八年，手里也有些资源，我们开始疯狂招代理，降低门槛，初期首批拿货不收款，下次拿货再结前一批款，于是，很多代理愿意做。

然而，资金投入生产后，加上办公室租金，装修，水电费，物业管理费，品牌注册，印刷等一切都要用钱，十万块就如一块石头扔进池塘，连个涟漪都没有。

创业最害怕的是什么？最怕的就是还没看到成绩的时候，就已经没有资金再支撑下去了。我跑了几家银行，要不就是利息太高，要不就是需要房产做抵押。跑到第五天时，终于有一家银行愿意贷款，用思雅开的大众做抵押，贷了十万。

又投进去十万，半年之后，我们的资金也慢慢开始回收，周转。

此时，我隔壁的邻居，小凡，一个杂志社的小助理已经是我最大的一级代理商了，她招了二十个二级代理，为了扩大市场的推广力度及优化产品，也迫于竞争的压力，我们不得不做新品开发，光那三款产品还远远不够，于是，我到处查资料，走市场，市场有添加橄榄油和茶籽油洗发露，我发散思维想一下，手工皂也许也可以添加茶籽油。

从百科上了解到，茶籽油、桃仁油、薰衣草油混合，对暗疮有显著疗效。因山茶油有杀菌及增强免疫作用，而薰衣草又有消炎及收缩毛孔作用，此外，对黄褐斑、晒斑，都很有淡斑效果。

我像是发现了新大陆，这时刚好是秋季，摘茶籽的季节，我买了一张前往江西婺源的火车票，一个人去了。

风吹稻浪，层层叠叠，一片金黄，果然是一个让人流连忘返的旅游胜地。而我却无心去领略它的美景。

我来到一个农户家，问他家里茶油怎么卖，老婆婆告诉我一百块一斤，我吓得连连后退，如果用来做香皂，那成本太高了。

她一看我是外地人，问我买来做什么用，还给我泡茶，我竟破天荒地和这个大字不识，连普通话都讲不好的老人家攀谈起来，我说想用茶油生产手工皂，那老人家一听，步履蹒跚地跑到里面的院子里，拿出一块手掌大小，不规则的，黑色还带有白点的东西。

我问她这是什么？她说这是她几十年来一直用来洗头的，我很疑惑，听她娓娓道来。

原来，每年茶油压榨的季节，那些压榨后遗留下来的渣，压成饼状，也叫茶籽饼。用稻草编织成一个圆盘，将渣倒入，用机器压结实，烘干。然后茶籽饼冬天可以用来做木炭烤火，或来年当作化肥，很多老人家也用来洗头，将茶籽饼碾碎，用纱布包好，在热水盆里泡出金黄色的茶油。

茶粕中含有茶皂素、蛋白质、天然茶油等，长期使用有止屑、止痒、去油、杀菌、修复受损发质的功效，还有明显的乌发生发作用。是古代宫廷御用洗发之物。

老婆婆的讲解，突然给我了灵感，我脑洞大开，既然茶油的成本太高，茶籽饼即茶粕中含有茶皂素，那用来做皂最好不过了。

我非常感谢老婆婆给我的科普、讲述这么好的古老流传，这个故事可以作为宣传的软文。我给了她两百块表示感谢，她却不肯收，虽不收，我还是放在她的客厅茶几上。我觉得，人需要懂得感恩，有些东西是用钱买不来的，这区区两百，真不算什么。

她后来非常热心地带我去了村里压榨茶油的老板店里，真是一个善良、纯朴的老人。

通过店老板，我了解到，每年这个时候要压榨一个月的茶籽，茶籽饼大家大都各自带回家。

我问老板这些茶籽饼是否可以收购？他一听，很奇怪地问我："这也能卖钱？"于是，我以五元每块的价格进行收购（60cm×60cm左右大小，约5斤重），一周时间购得第一批货，通过物流发往深圳。

这是一趟非常有意义的行程，如同发现新大陆一般。

然而，回来才发现，这些像石头一样硬的饼子很难解压，还得再买机器，压碎后还得过滤。因为这事，思雅和我大吵一架，说我没和她商量就做决定。

我说她是一个没有长远眼光的人，她骂我做事不经大脑，一拍脑袋就做决定，我们闹得不可开交，三天没有讲话，晚上睡觉，背对背，恨不得中间可以再睡个人，我似乎每天就挂在床沿上，一不小心滚下床，谁都不想理谁。

货已经到了，必须买一个粉碎机，幸好，也不贵，二手市场几百块搞定。慢慢地，思雅的气也消了。我始终认为，开公司夫妻搭档不是长久之计，意见不合就吵架，当公司壮大起来，需要一个流程机制。

待各种物料到位之时，我开始正式试验。这时，我同学阿文打电话给我，说他来深圳出差了。

我去车站接他的时候，开的是思雅那台大众，这车开了这么多年，早已旧了，我心里有种很没面子的感觉，为什么有这种感觉？我自己也说不清楚。阿文问我创业项目做得如何，我告诉他才刚刚开始一年，目前刚走上正轨，现在正在做新品试验。

我问他这几年过得怎么样？

他说毕业后上了两年班，觉得没什么意思，经由家里做房地产堂哥指点，在老家做起了五金生意，开了几家分店，房地产如火如荼，五金生意当然也是很火，加上有人脉资源。但是这两年，生意也一般般，所以，好几个店铺慢慢开始在转让了，他想看看大城市有什么其他好的项目可做。

我一听，既然想找项目，那阿文手里一定是带着资金来了。

不知道为什么，我们已经不再聊篮球了，而我也竟然如此邪恶地想，他是带着钱来找项目的，一见面，嘴里说的都是钱、钱、钱。

我带他来到我的办公室，他一看，还赞不绝口，我不知道是真心还是假意，但从他对我的手工皂很感兴趣开始，我认为他是认真的。

他问我为什么不开直营店？也许他是开店的，所以这么问。我说租金成本太高，资金有限，再说，还需要再招人，现在实体不好做。

我们聊了很久……

他跟我探讨开实体展示店，可以直接面对消费者，有品牌，可以现场体验，还可以规划一个区域，让感兴趣的顾客自己手工 DIY，做好买单带走，比买成品便宜，还有成就感，再带动线上销售。另外，既然店面不能浪费，还有人工成本，不如搭配鲜花一起销售，都是女人的消费品，如今这社会，女人的钱和小孩的钱才好赚。

真的好赚吗？谁的钱都不好赚。我认为还是产品得过硬，也许我是一根筋。

不过，他的方案看起来很完美，鲜花资源，我上次去了一趟云南，也确实对此有兴趣，可是钱呢？他说，如果我同意，他愿意投资十万元成为合伙人。

晚上，我和思雅商量了一下，把方案也跟她说了，她也觉得可以尝试一下，毕竟她曾经是做化妆品实业的，尽管实体现在低迷，但是终究还是要回归实体。

就这样，一拍即合，阿文成为我们的合伙人、股东之一，三个人各占三分之一股，阿文不参与具体经营，但时常会给我们提一点建议。

我们四处跑，到处查看地点，看市场。两周后，最终在深圳最繁华的地段 CBD 选了一个店面。

浩浩荡荡地开始装修了，装修这一块，阿文主要负责，毕竟他做过店面，装修也有经验。从选装修材料到风格设计，我们每天都在现场，还专门找设计师做了图纸设计。

我突然想起，去年云南一趟，拿了花农的名片，好像还在抽屉里躺着，也许还用得着。

有些时候，也许是天意，冥冥之中早已注定。

一个月后，店面开业了，招了两名营业员，手工皂售卖、现场免费体验、客人 DIY 动手制作，还搭配鲜花经营，开业这一天客流量超出我们的预期。

为了庆祝，那天夜里，我们三人喝了一瓶红酒，大口吃肉。我从来没有想到，有一天竟然和我大学同学阿文一起合伙创业。

阿文似乎也看到了希望，他说如果三个月后销量依然不断上升，证明这个思路是对的，他建议到时可以开分店，他也准备在这座城市待下来。

阿文的到来打开了我的经营思路。我以为改变的是公司运营走向，市场规模，却没有想到，后来竟也改变了我的生活。

第二十六章

天降来客

阿文预料得没错。

果然，次年三月我们又陆续开了三家分店，几乎都在繁华地段。

电商平台依然在做，而且势不可挡，销量比实体店更好，一级代理三百多人，二级代理新增到一千人，公司内部员工约两百人。

此刻，我们的手工皂市场局面已经打开，收获很多回头客，我们秉承源于天然、安全、环保的理念展现皂物的自然与和谐，坚信用好的原材料做出高品质的皂物，还"本我"的生活。

回想去年，为了招代理，冒着台风暴雨，在商场门口租个场地，支一张桌子，站一整天，腰酸背痛，不停发传单，请人关注公众号二维码，我和思雅连续两个月，每天早出晚归。

那天，台风来了，把桌子掀翻，广告牌易拉宝一转眼工夫沿着风的方向"嗖嗖"不见了，思雅穿着高跟鞋疯狂追赶，最后易拉宝挂在树上，早已面目全非。

那些日子，我们的午饭就是一盒方便面。一天，有个小女孩，畏缩着站在旁边，在商场门口数次徘徊，最后，小声问我们需不需要招人，说从老家刚来身份证丢了，高中刚毕业，农村人，家里穷，跟着老乡来打工，没有身份证，进不了厂，如果再找不到工作就没饭吃。我看她长得也还行，人也不傻，就留下了。

她如此云云，说着眼泪"哗啦哗啦"流出来了。

我突然想起我刚毕业时的情景：被骗、逃跑、茫然、焦虑、没钱、工作难找，住集体临时旅馆还目睹杀人案……我吓得瑟瑟发抖，逃也似的离开了那里。

当时思雅推了推我的胳膊，叫我慎重一点，以防是骗子，我觉得，人有时候需要一颗仁慈的心，当你有能力的时候，需要适当地去回报社会，比如现在，可以为她提供一个就业的机会，看样子，一个小女孩，也骗不了什么。

于是，我不顾思雅的反对，收留了她。这个小女孩叫李小梅，成了我公司的第一个员工。后来，每天跟着思雅跑市场，那时阿文还没来深圳，没有成为我的合伙人。

如今，一年半过去，李小梅成了我公司连锁门店店长，开业前，我们送她去学花艺，她很有灵性，竟然一学就会了。

公司要想做大，必须要培养人才，那就得投资。李小梅是一个懂得感恩的人，我们培养了她，她也一心为门店创收，努力提升销量，每天早上八点就开门营业，晚上十点才下班，即使早晚班倒，她依然坚持上十几个小时，无怨无悔。

最初没钱，也没地方住，在店里的小仓库里住了半年。

她还提议不单纯零售几枝鲜花，还可以承接花篮，宴会桌花，婚礼鲜花，店面开业鲜花礼篮等大型客户，利润高。

果然是个聪明的女孩，是做生意的料。我们鼓励李小梅业余去提升学历，学英语，公司出费用，她很感动。

后来，她真的就去报名了，休息日去上课，工作日上班12个小时，她一直说没有我们当时收留她，也就没有今天。

这一年，我们注册了一个礼品公司，内部员工人人可接单，我们的口号是：人人持有分成，只要你厉害，能接到客户单，每单利润四六分成。

20岁的李小梅，成了我们礼品公司的经理，没有谁不服。

我想告诉他们的是，人生没有不可能，我就喜欢用大胆有创意有能力的员工，我不在乎学历多高，只要你愿意把工作当作事业去奋斗，你付出了，一定会有收获和回报。这就是我的人生格言。

全员开辟市场，人人都可以接单。有些人一个月接到熟人婚庆单子、朋友介绍开业礼篮，工资一万多到两三万皆有可能。员工工资高了，自然有干劲儿，有活力。

这是一个好的开始，也为我们开辟了一个全新的未来。

这年冬天，我在市区外买了一套 90 平方米商品房，市内房子最低七八万一平方米不敢买，添了一辆 20 万的车。

我想，也许这便是我人生的巅峰，我曾经想都不敢想的事情，创业三年就做到了。

但这一切，都因为有着同样梦想的伙伴，以及一群朝气蓬勃的员工，共同创造的辉煌。

创业不易，守业更难，组建好的团队，让公司良性发展才是关键，当有一天，我在与不在公司，正常运转才是真的成功了。

这天早上，正在开员工大会，我手机响了，是个陌生的手机号码，我没有接，紧接着收到一条短信：肖铭，还记得我吗？我是李茵，我来深圳了，有空见一面？

我的心突然感觉被小鹿撞了一下，"咚咚"地跳动，怎么会不记得？我的人生导师啊，若不是她有男朋友，也许我后来会不遗余力地去追求她，她和一楠太像了，有和一楠一样的小酒窝，一头飘逸的头发，还有淡淡的清纯，像一朵没有被世俗浸染的荷花一般，濯清涟而不妖，出淤泥而不染。

"当然记得啊，李老师，你在什么地方？我来接你。"我赶紧回复。

"好啊，我发个定位给你。"一行字马上跳跃在我眼前。

见到李茵的时候已经快到中午了，天气有些微微转凉，天空下着小雨，不知道为什么，我如此迫不及待地想见到她，我已经是一个已婚的男人了，很奇怪这种感觉像是在大学时候迫不及待去见一楠的心情。

她还是一头飘逸长发，随意落到肩膀，穿了一件浅米色风衣，黑色靴子，见到我莞尔一笑，她一个人，我们找了个咖啡馆。

"李老师，刚来深圳吗？这次过来打算工作还是？"我们找了一个落地窗边坐下，可以看见远处的风景。

"我来了有两天了，就是过来看看，当作旅游吧，明天就回去了。"她的声音和从前一样，但似乎没有那么有力量，软软的。

"上次你离开，没有去送你，一直觉得很遗憾，以为这辈子我们没机会再见面了，没想到还能再见。既然来了，不如留下来，到我公司来帮帮我吧。"为什么叫她留下，我也不知道，反正脱口而出。

"不了，你现在自己开公司了？我就是知道你一定能成就一番自己的事业。"她的话语和从前一样给我很多鼓励。

"你男朋友呢？一个人来的？"我似乎很迫切地想知道她结婚了没有？怎么一个人来？

她的脸望着窗外，有一丝淡淡的哀愁，想什么，我也不知道，她告诉我，她回老家后自己开了一个茶馆，算是创业了，她男朋友后来出国进修，她不想耽误他，提出分手了。

原来这样！我突然后悔我结婚早了。

吃过午饭，我带着李茵来公司参观，思雅以为是我的前女友一楠，没听我介绍就开始气鼓鼓了，直到我说是以前公司同事时才稍稍缓和。我带着李茵在公司各个角落参观，员工们个个以为又有新领导入职了。

"李老师，不如留下来吧，我公司人力资源部真的很需要你这样的人生导师啊，我当初幸好遇见你，真的。"我还是极力想挽留她。

"我这次来，就是来看看我曾经共事过的人，看到你们有发展，我心里感觉挺好，真的，珍惜眼前所拥有的，好好生活，时间不早了，我得走了。"她叫我送她去入住酒店，明早就回去了，那语气，那声音都很淡定，但我总感觉有些异样，可一时又说不出来。

送她到酒店是晚上九点了，我又极力邀请她吃了晚饭再去休息。

我回到家已经是夜晚十点，思雅已经躺床上准备睡了。这一天我都处在兴奋中，却忽略了思雅的异常，直到我躺下才发现她一直背对我，不吭一声。

"是你以前的相好吧。"思雅终于吭声了。

"什么话呢，什么叫相好，这是我以前的培训老师，人家就是来深圳旅游的，明天就走了。"女人小气到我无法想象。

"培训老师我相信，但是，你敢说你没对她有过想法？如果没有，我可以把头砍下来。"思雅说得掷地有声。

"你凭什么这样说啊，没凭没据的，再说，有想法也没敢行动，人家有男朋友的，我也是个已婚人士了。"我准备睡了，不想说这些，进入梦乡再好好做个梦吧。

"我的直觉就是凭据，你看她的眼神都不一样，你现在知道自己是个已婚人士啊，知道就好。"思雅说完也准备睡了。

我思来想去，似乎真的忽略了她的感受，于是又死皮赖脸凑到她胸前、颈脖、嘴唇……

思雅一把把我推开，我不死心，继续，心想女人还是需要哄的。

"我告诉你啊，你这是婚内强奸，走开，别碰我。"思雅一脚又把我踢开。

好吧，我默默地一个人躺到床沿，睡了，期待在梦里再次与李茵相会，或者说我把已婚的一楠附加在李茵身上了，我的心突然一怔，难道这就是传说中的思想出轨?

可是,我何时才能再次见到她? 李茵悄悄地来,又悄悄地走了,似乎做梦一般,她来到我的梦里,却一晃又不见了。

一切回归平淡,日子还是要过的,一楠也好,李茵也罢,也许,她们只是在我寂寞的时候灵魂深处的一滴甘泉,只能润喉,却不能解渴。

我和思雅商量着,该要个孩子了。其实,回想起来,自从上次流产以后,我们也没有避孕,快一年多了,怎么就没怀上呢?

百思不得其解,也许是太累了,身体累垮了? 我明显感觉到体力不支,尽管我每天还坚持跑步,我以为我病了。

这么一想,心突然就慌了,年纪轻轻患上绝症?

这天,我和思雅去了医院,做了体检,结果出来后,我倒是没什么问题,思雅六项激素失衡,医生说卵巢早衰倾向,并且宫腔粘连。

我安慰她说:"现在医学发达,只要不是癌症,一切都好说。"她点点头,心情似乎很沉重。

人生的奋斗目标是什么? 就是为了更好的生活。

思雅说:"出去走走吧,既然公司走上了正轨,该放手的就放手。"我说:"好。"

于是,订了机票,准备去台湾阿里山,日月潭。我记得小学课本里读过日月潭,如今,终于可以去看看了,有钱真好。

第二十七章

远方的葬礼

中午 12 点的飞机，怕误机，我们提前两个小时到达候机楼，这时，电话响了，我一看不认识，挂了，又打过来，我又挂，正想关机，发现是老家区号座机打的，我一慌，接了，以为是我妈出什么事了。

"喂，是爸爸吗？我是南南，呜呜呜……"是我儿子南南的声音。

"南南，怎么了？别哭，慢慢说。"我猜，大事不妙，南南懂事以来从来没有这么伤心过。

"撞车了，我爸爸妈妈死了……呜呜呜……"南南声音都沙哑了，哭得撕心裂肺。

我挂了电话，叫思雅去把机票退了，她一脸茫然，我说南南那边养父养母出车祸了，我得马上转去高铁，她气得直跺脚。

"人已经死了，你去也不能把他们救活啊。"她跟我吵起来。

"你这人怎么一点儿仁慈心都没有？哪是我儿子啊，家里还有一个 80 岁老人。"我也不甘示弱，拔腿就走。

"你是看我生不出来，刚好把你儿子接过来吧？我无缘无故得当后妈了？"思雅语出惊人，我从来都没想过她生不生的问题，而且我都说了，现在医学发达，她的问题又不是什么疑难杂症。

女人一旦无理起来，说出来的话像把刀子，恨不得死死地往肉里面捅。

我不理她，直接走了。

高铁转长途车又转公交车，兜兜转转，第二天才到，此时，表叔家里来了很多亲戚，哭得撕心裂肺，一下死两个，都是主要劳动力，留下一个 80 多岁的老母亲，南南怎么办？

表叔买了辆货车，帮人家拉货，这天刚好表嫂也去镇上买东西，搭了他的货车出去，上坡拐弯处遇到另一辆大车，撞上了，掉下悬崖。

出了这样的事情，简直是天降灾难，最伤心的就是姑奶奶（表叔的老母），年纪这么大了，白发人送黑发人，眼睛都哭瞎了。

我带着南南在厅堂给表叔两口子上了几炷香，跪拜在两个黑色坛子面前，里面装着他们的骨灰。当时，110，120 赶到，人不行就直接拉到火葬场去了。

看着这两个坛子，我喉咙打结，眼泪不知不觉就流下来了，我不知道跟他们说些什么好，感谢他们这么些年把南南照顾得这么好，本来想让南南给他们当儿子，结果却遇上这种事情。

人说没就没了，连个告别都没来得及说。

次日，一大家子亲朋好友，邻居几十人把这位老人安葬了，地点就选在离家门口不远的山坡上，和大门遥遥相望，我儿子南南哭得稀里哗啦，毕竟叫爸爸妈妈也快九年了，表叔表嫂陪伴他度过了最难忘的童年时光，如亲生父母般对待他，养育他。

下葬时，南南趴在坟头，久久不肯回家，我又想起了我父亲。

人死不可复生，我告诉他，人这一生必须要经历许多事情，这是迟早的，然而，他这么小就经历了离别，死亡，爱和恨。

"南南，跟我到深圳去吧。"我抚摩他的脑袋，感觉他快要长成小小男子汉了。

他点点头，仰起那哭肿的眼睛望着我，三个月大被我送走的儿子，如今八年后在他痛失养父养母时又回到了我身边，我悲喜交加。

第三天，南南跟着我回深圳了，我此刻不得不把他带来，我失去了陪伴他最好的时光，他缺失了我应给予的父爱，我该如何去弥补？

他心里的创伤如何来愈合？我应该给他良好的教育，他快九岁了。

我妈听说我竟然还有一个儿子，开心得不得了，即刻又从老家来给我照顾儿子。

思雅肚子迟迟不见动静，加上我妈过来居住，她不仅突然变成了后妈，还要跟曾经闹得不开心的婆婆相处，她不同意。

不管同不同意，南南已经过来了，我认为，她不可以这样对待一个不到九岁的孩子，更何况这是我的儿子。

在这件事情上，我们一直争吵不断。

这天晚上，思雅没有回来，我打电话她也不接，最后她发微信给我，说出去散心，我说也好，让她消消气。

儿子回到我身边，可却没了五岁时来深圳的活泼可爱，变得沉默寡言。

我们之间似乎找不出太多的话题，毕竟，九年是空白的。说得最多的话就是，饿了吗？想吃什么？

父与子之间的隔阂也许是条无法逾越的鸿沟，这心底的结何时才能解开？我想，适当的时候，我该找个时间跟他讲讲那个久远的故事。

吃过早餐，我拍拍他的脑袋："南南，等下爸爸带你去看看学校。"

他点点头，不作声。我妈给他换了件白色衬衣，牛仔裤。

我带着南南去看了一所比较有名的私立国际学校，但学费相对较高，而且必须要住校，封闭式管理，本来带他来这边就是想弥补、照顾他，怕他这样长期下去会导致心理不健康。

于是，我们走了。

然后又回到离家较近的公立学校，按照房产户口排名计分给学位，勉强排上位，但需要重读一个三年级，老师说怕农村来的孩子跟不上城里的节奏。

我问南南怎么样？他点点头同意了。

于是，就这样，我们给他定下来，他成了班里的一个插班生，每天中午回来吃午饭，我妈接送他。

我问他有什么兴趣爱好，他一脸茫然，我说，绘画、音乐、书法等都行，我想给他报一个课外兴趣班，挖掘孩子的潜力。也许男人天生就想把儿子培养成他曾经的模样，可能我也是如此。

六十来岁的老妈，突然有了一个快九岁的孙子，她倒是非常开心啊，乐得合不拢嘴，天天给孙子做好吃的，孙子喜欢吃，我妈可开心了，天天变着花样做。

然而，思雅两天没回，我得找她了，这样闹腾下去不是个事儿，有意见也得回来沟通。我正出门，想打电话给她，没料到，在小区楼下碰到她。

我心想，终于还是想通了。

我畏畏缩缩地把她包拿过来，伺候太上皇一样，此刻的我正像个太监唯唯诺诺毕恭毕敬，毕竟，退一步海阔天空，我并不想把家里闹得鸡飞狗跳，日子还是要继续的。

我妈有了孙子，心情大好，见思雅回来，早已忘了之前的恩怨，赶紧给她盛饭，问这问那。

思雅面无表情，换了鞋后去洗手间洗了把脸出来吃饭了，一家人一声不吭地吃了一顿晚饭，本来是一件美好的事情却变得气氛沉闷，儿子去房间做作业，他似乎感觉到思雅不欢迎他。

我打开电脑，处理了几个邮件，白天没有去公司，堆积了一些紧急事情要处理，思雅已经躺下了。

我悄悄爬上床，本想和她沟通一下，但看她一副不愿意搭理人的样子，话到喉咙又生生地吞回去了，辗转难眠，思来想去，还是说话了：

"思雅，你睡了吗？还在生气？"我摇了摇她的肩膀。

"能不生气吗？不跟我商量，然后就这样安排了？好歹这也是我家吧，我跟你一起打拼的。"她发话了，看来没睡着，依旧背对着我。

"还要怎么商量？事情摆在这里，那边父母都已经不在了，南南留在那里，你让一个80岁的老太太去照顾？人家自己都不能自理了，我儿子，我肯定要对他负责，再说，曾经的事情，我不是也跟你讲过吗？那也是迫不得已，我没有对你做任何隐瞒，婚前就跟你讲过了。"憋在我心里的话，一股脑儿说出来了。

"所以你迫不及待就把儿子接来了？你之前不是说送人了吗？他不属于你了，我不想当后妈，你妈也过来了，你明知道我们合不来，还住一起，小孩可以去住校啊。"她也不依不饶。

"住这里碍着你什么了？真没想到你一点仁慈心、包容心都没有，连爱心也没有，赡养父母，懂吗？这是做儿子的责任，你怎么变得这么无理取闹？缺乏教养，真是读书少，头发长，见识短，外面一只阿猫阿狗看见也得捡回来啊，更何况是我家人！你真是自私。"没想到，我竟气得一股脑儿地全抛出来，我也越说越气。

"你终于说出口了？嫌我没知识，没文化？还缺乏教养？还嫌我不给你生孩子？然后就正好把你儿子接来了？"说完，她便"呜呜呜"哭起来。

"那是你自己想的，我没这么说。"说完我扭头就蒙着被子不讲话了，夜里，死一般的寂静，我们都没有讲话了。

实际上，我到凌晨才闭上眼睛，一直辗转难眠。

我拿出手机，刷着朋友圈，心里却在想着爱过的女神们如今都在做什么，过得好吗？我的婚姻怎么变得越来越世俗？是我与思雅的心在渐行渐远还是思雅在挖坟自埋？谁不想有一个灵魂伴侣和心灵知己？难道是我太贪心了？明明有了事业，有了家庭，却还想得到更多？

自从上次李茵离开时我们加了微信，我就没有看见过她发朋友圈了，翻看以前的记录几乎没有几条，差不多可以用空白来形容。

我不知道为什么，竟然半夜给她发了条微信：李老师，最近忙吗？有空再过来玩，上次匆忙，招待不周。

发完就后悔，太晚了，不该去打扰她的，带着一丝歉意缓缓进入了梦乡。

第二十八章

妻子的背叛

第二天醒来的时候，思雅已经起床了，我打开手机一看，比平时晚了半个小时，我妈早早地送南南去学校。

思雅吃过早餐，拿着包先走了，我们各自开着车去了公司，一切看起来都风平浪静，似乎从未发生过什么，公司的员工也都干得热火朝天，相互问候早安。

我刚到办公室，采购经理小倩敲门进来，说找我批复一下这次的采购预算。

小倩，我曾经的采购助理，当年我被炒鱿鱼的时候，她还抹着眼泪，哭哭啼啼地说，"以后有好发展，要带上她"。去年，公司已经有了起色，也需要人才，我把她叫过来当了采购经理。曾经，她跟我干了四年，做事有条不紊，我用得也很顺手，她自从知道我自己开公司后，总调侃说跟着我干，商超零售业每况愈下，综合百货大卖场连连关门。急迫需要转型，转型不成功，将面临倒闭，很多同事慢慢都跳槽了。

我这边，基本也形成规模，确实需要人手，那就是她了，公司内部有自己的熟人也好办事，尤其是财务和采购，国内的企业，尤其是私企小老板大多数不都如此吗？

所以，我很放心地把采购这一块儿工作交给她，小倩当然也认识思雅，曾经的供应商嘛，但小倩不曾想到供应商成了老板娘。

但思雅却有点小心眼，总觉得我把曾经的助理招过来，是不是以前有什么旧情？

能有什么旧情？我调侃她说："以前上班的时候旧情不都被你包了

吗？你天天送小吃过来，大家都知道了，谁还敢跟我打情骂俏？"

她"扑哧"一声笑了，打了我一拳，这事儿一晃过了大半年了，回想起来，时间过得真快。

我以为日子就这么平静地过下去，有自己的公司，有一群有理想、愿意一起奋斗、一起同舟共济的员工，有老婆，有房子，然后再生个孩子，这就够了，这便是人生本该有的模样。

没想到，因为一场变故，我们变得水火不容了。

为什么就容不下这孩子呢？我坐在办公室的沙发上，点了一支烟，透过玻璃墙看着在另一个办公室里忙碌的思雅，我百思不得其解。

这个玻璃墙是去年办公室搬迁，重新装修时，思雅的意思。我知道她的小心思，首先是通透，一览无余，其次，怕我招个秘书，像电视剧说的，搞办公室婚外情，她得监视我，结婚以后她很敏感。

我早已过了动情的年纪，我的情或许早已被尘封了，自从从一楠婚礼回来后，我觉得这辈子可能不会再动情，不会再爱了，虽然上个月李茵的到来如同一个天外来客，但我明白，那不是属于我的。

说到李茵，才想起昨晚的信息，她一直没有回我，是什么情况？我正在纳闷的时候，却收到一条李茵发来的震惊消息：

李茵的朋友，你好，我是她爸爸，非常不幸，李茵半年前确诊皮肤癌晚期，上周已经过世了。感谢在她生命中遇见的每一个人，谢谢你们陪伴她度过了短暂的岁月，也祝愿你们身体健康，珍惜生命，祝好。后期她的电话和这个微信不再使用。

我盯着手机屏幕，久久不能自已，一切来得太突然，我无法接受这个现实，为什么好人都一个个离我而去？

我终于明白上次见到她，为什么总感觉她有一丝淡淡的忧愁，她说来旅游，然后见一些老朋友，我恍然大悟，她在对生命做最后的告别！

我也终于明白，她那么爱她男朋友却要分手，那是因为她不愿意拖累对方，不愿意让对方看到自己痛苦地离去。

她如天山的雪莲，洁白而纯净，又如夜里的昙花，一现即消失。一个人的生命不在于她的长度，而在于她的宽度。

我踱步到玻璃窗前，又点燃了一支烟，喉咙有些哽咽，很多往事如洪水般呼啸而来。

"肖铭，你行的。"我脑海里忽然闪现八年前在那个超市门口员工大会上她在旁边不停地鼓励我，也想起在员工食堂里她跟我说提拔储备主管……想起第一次在人才市场见面，那一束高高的马尾……

过去的人和过去的事，像放电影一样重复倒带，这一个上午，我都在恍惚中度过。

下午，思雅没在办公室，她也没跟我打招呼就出去了。按理说，工作上，我是总经理，她需要向我汇报的，但因为家里这气撒到公司来了，那就先依了她吧。

公司没什么大事，我下午提前回家了，活在当下，好好珍惜眼前人才是对生命的敬重。

我去菜市场买了只鸡，买了点排骨，我想亲自下厨，做一顿晚餐，今晚好好犒劳一下思雅，给她一份惊喜。昨晚吵了一架，我说话也有点过分了，气过头，我后来也没道歉，不管错与对，虽然原则要坚持，但是，总是要哄哄的。

做了一大桌菜，差不多七点半了，她还没回家。我准备给她打个电话，结果手机一直没找到，我到车库去，车上也没有，估计是下午走得急忘记拿了。李茵的离去使我今天一天都精神恍惚，头重脚轻，加上昨晚睡眠不好。我回到家，用我妈手机打思雅电话竟然关机了。

我又下楼开了车，去公司拿手机，到公司已是晚上八点，早已关门了，我按了指纹进了玻璃大门。

我没有开灯，摸索着直接去我办公室，正推门时，却发现我隔壁灯亮着，思雅在办公室，然而，眼前的一幕让我惊呆了。

办公室里除了思雅，还有我的合伙人，同学阿文。他们一起坐在沙发上，思雅靠在他怀里，低声耳语，又像低声哭泣。

我呆呆地立在门口，进退两难，此刻我应该冲进去一人给一巴掌？还是关门默默地离开？抑或，我就这么久久站立着？内心翻江倒海，那感觉就像去捉奸，我在自我安慰，却又在自我嘲讽。

这玻璃隔墙，本是思雅来监视我的，然而却没想到，给我派上用场。也许，她做梦也没有想到，这个时间点，我会站在我办公室门口的黑暗处。

"你知道吗？是我一直在倒追他，怀孕也是因为我故意不做好措施，然后才去领证的……"思雅一出口，把我惊吓到了。

"那你现在打算怎么办？这样下去也不好。说真的，肖铭是我同学，我这样很对不起他，朋友之妻不可碰。"阿文捧起她的脸，说得倒是冠冕堂皇，我当时真想冲进去揍他，这绿帽子戴得真够大。

"我觉得他不爱我，他不仅惦念着前女友，还把和前女友的孩子也接过来，根本不把我放眼里。"思雅继续说。

"这个也是没办法的，孩子生下来没几个月，女朋友消失了，这个我知道。"阿文这话我爱听。

"哪里消失了？后来那女人结婚他都在场，可这女人不死心，结婚了竟然还来找肖铭。去年我们结婚前她还来过深圳，在公司刚好被我碰上，我打发走了。"思雅说这话时咬牙切齿，我却听得无比震惊。

一楠什么时候来深圳找过我，为什么思雅打发她走了？她却从未跟我提起。

"来过？那你为什么没告诉肖铭？"阿文有些惊讶。

"我告诉他干什么啊？我们都同居了，马上要结婚了，而且我还怀孕了，告诉他不是添堵吗？"思雅觉得自己句句在理。

思雅自顾自地继续问："阿文，你对我是真心的吗？"

"思雅，说真的，你确实是我喜欢的类型，雷厉风行，自己想要的会勇敢地去追求，你其实是爱肖铭的，只是爱过头了。"阿文分析得有道理。

"可我现在不爱了，我要做一个小女人，我累了。"思雅嘤嘤地哭起来。

最终，我没有进去，我在黑暗处偷听了一对狗男女的对话，恨不得掐死他们，我不动声色地离开了。

我开着车，黑夜里，一路狂奔，我不知道要去哪里，也不知道哪里可以让我去，最终去了一个酒吧，喝了个烂醉。

那一晚，我没有回家，我不知道思雅回去了没有，我也没有拿手机。后半夜，我去了海边，在海水的冲浪声里待了一晚，"哗啦哗啦"的海水似乎和我一样在诉说着什么。

天亮时分，我才迎着晨光，驱车回家。

第二十九章

办公室的争吵

我拖着沉重的脚步回到家，心情如上坟般，一楠结婚了，我也结婚了，我崇拜暗恋的李茵也突然离世了，我结发的妻子思雅也背叛了我，是我做人太失败了吗？为什么一个个都离我而去？

正掏出钥匙开门，却发现里门没锁，透过通风外门，看见我妈正呆坐在客厅，焦虑地盯着门口。

她见我回来，屁股噌地一下离开凳子，慌忙站起来给我开了门，她两眼布满了血丝，着急地问我去了哪里？原来，昨夜联系不上我后，她一夜没睡，以为我出事了，可是一个老太太，又不知道如何办？打了报警电话，说失踪要24小时后才能立案，只能干等。

我对我妈非常抱歉，我忽略了她的感受，我问她，思雅回来了没有，她说没有。她问我是不是发生什么事了？

我能说我戴着一顶绿帽子吗？肯定不行。但她心里清楚，我和思雅闹矛盾了。

我说公司有急事处理，后来又和朋友出去聚会了，手机昨天找不到了。她点点头，去厨房准备早餐。我在心中懊恼，三十多岁的人，还让老母亲担惊受怕一个晚上。

我吃过早餐，洗了个澡，蒙着头睡了一觉。

我做了一个梦，竟然梦见一楠，我在海边看到她不停地在奔跑，穿着一条白色裙子，轻盈飘逸，还是上大学时在篮球场的模样，我大声喊她，她似乎不认识我一般，对着我"咯咯"一笑，像对着一个陌生人，然后走开，又继续奔跑，我追呀追，就是抓不住她。

我使出浑身力气，急得满头大汗，把鞋子也跑丢了，最后，抬头却发现她已经消失在海水的尽头，我哭得昏天暗地。

醒来时已是中午十二点，枕头上全是汗水，也许大部分是泪水。

很长时间没有回忆一楠，我以为她已经从我的记忆里慢慢消失了，直到昨晚思雅说我结婚前她竟然来找过我，这事一直在我脑子里盘旋，她为什么找我？上大学时她在火车站送给我的围巾，已经被思雅烧了，像祭奠一个死去的人那般隆重。

吃完午饭，我去了公司。

果然，我的手机还在公司，未接来电几十个，但没有一个是思雅打的，她也没在办公室。

我打内线叫财务经理进来。我需要思考一个重大问题，先不打草惊蛇。

"小王，最近是否有大额款项支出或到账？"我让他搬个凳子坐下。

首先，我需要确保财务资金没有问题，如果思雅和阿文两个人合伙把资金挪走又把我架空，我岂不是赔了夫人又折兵？当然，也许没有我想得那么糟糕。

"目前暂时没有大额款项进来，代理商货款几乎是李总（思雅）亲自收款再交给财务的，门店货款店总当天结完账存银行账户，一切都正常。"财务小王一五一十地汇报。

我点点头，小王是外面招聘进来的，在公司干了三年多，算是忠诚老实之人，老婆孩子都在这边，我待他也不薄，上个月他家里老母亲住院，我提前给他预支了两个月薪水。

"从现在开始，所有资金支出必须由我签字，财务才可放款。另外，几个大的代理商款项收款跟进一下，收到货后催促入财务账。"说完，我叫他先去忙了。

我打开电脑，像捉贼一样，调看了昨晚大门口的监控录像，监控只显示大约是九点多，我走后的一个小时，阿文先离开了，约莫十几分钟后，思雅才走。到底去哪里，不得而知。

我拨通思雅电话，她接了，我问她在哪？她竟然反问我："你一夜都不找我，现在找我什么事？"

"谁说我没有找你？你手机关机。"我压住心底的火。

"关机了，我开机后也能看到未接来电，你一个电话都没有打。"她的火似乎比我大，原来女人是如此强词夺理，一边又关机，一边还要我找她。

"要是我没打你电话，我怎么知道你关机？你赶紧给我回来，我们谈谈。"我的语气低沉到极点，我还算是个男人的话，我不能任由她这么下去。我挂了电话。

我不想在家里谈，毕竟家里我妈在，孩子也在，南南这么大也懂事了，吵起来影响老人和孩子的情绪。

下午，快下班时，思雅回来了。我不知道这些天她在哪里，衣服竟然也都换了新的。好吧，如果日子不想过了，那干脆离婚算了，脑海中闪过这个想法的时候，我自己都吓了一大跳。

"你到底想怎样？"我开门见山。

"不是我想怎样，是你想怎样？好歹这个家是我和你一起建立起来的，如今我却像一个外人，我和你说了，我不接受家里出现这么大一个儿子，我变成了后妈。"她伶牙俐齿，不愧是做销售的，像个商人一样跟我讨价还价。

我想，一个人对另一人没有感情，或者说她已经有新的感情寄托的话，那么，另一个人说什么，做什么都是错的。我坚定地认为，思雅已经移情别恋了，说得更难听点，就是婚内出轨了，不管是精神出轨还是身体出轨，总之已经出轨了。

对，昨晚，她自己都说了，她已经不爱我了。

"昨晚我来过办公室了。"我点了一支烟，淡淡地说了一句，我没有看思雅，盯着玻璃墙。

空气仿佛凝固了五秒，没有任何动静，她坐在我对面的沙发上，两手搭着腿，低头不语，像泄了气的皮球。

这句话一出，果然一针见血，我更加断定，他们有问题。也许，她根本不曾想到，昨晚我会来到办公室。

"你自己说，怎么处理？要么你跟他讲，让他撤资滚蛋，你洗心革面，我既往不咎，要么，你跟他一起远走高飞。"我猛吸了一口烟，呛得厉害，咳嗽不止。

我真的能既往不咎吗？谁戴了绿帽子还能这么大方？除非不是个男人。

她不说话，抽搐着，她不知道我到底看到了什么，或许是我说到她痛处了，她辛辛苦苦建立的婚姻，最后被自己埋葬了。

"如果你同意把儿子寄宿到学校去，不在家里住，我可以同意收留他。你知道公司怎么传吗？说我是小三。"她又把儿子当话题了，最后还扯到小三。

"你为什么就容不下一个九岁的孩子？碍你什么事了？小三？你自己信吗？"

我们的争吵似乎永无休止，幸好员工们都已经下班了。我第一次在公司因夫妻私事大发雷霆，以前公司很困难的时候，我们相互鼓舞，夜深人静时紧紧拥抱，如今，公司都有钱了，思想却开始抛锚，但我从未做过对不起她的事情，这是一个有责任有担当男人的底线。

"从我们刚结婚开始，我就听到传闻，也不是空穴来风。你前女友在我们结婚前来公司找过你，我没告诉过你，你刚好不在。"思雅终于还是把这事告诉我了。

"那你为什么不告诉我？"一想起来就气。

"我为什么要告诉你，那不是添堵吗？我们都要结婚了，我不想被她扰乱我们的生活，可谁知道，即使结婚了，你还留着她送的礼物，有员工传，来找你的那个才是你老婆。现在突然出现一个九岁的孩子，我不是小三是什么？我不想被口水淹死。"

终于明白，思雅为什么要把围巾烧了。

"你是活在别人的议论里，既然你现在是公司老板娘，就要智慧和大度。"我本来是想劝劝她，没想到话一出，她更加来火了。

"我问你，孩子能不能送寄宿学校？如果不能，我们过不下去了，我认为，你一直都不爱我，那我还图什么？"

"什么叫图什么？你就是一个这么现实的人，什么都有目的。你曾经那么努力对我好，我看在眼里。我承认，我们没有经历过什么浪漫的恋爱，可是，对一个人最好的爱是什么？那就是婚姻。我给了你婚姻和家庭，如果你硬是这样逼我做出选择，那我随你，儿子肯定要在我身边。"

什么狗屁最好的爱就是婚姻，婚姻分明就是爱情的坟墓。

"我那么现实的话我为什么跟你吃苦，创业？我要的不仅仅是一个人，我要一颗心。"思雅几乎要抓狂，有些歇斯底里。

"所以你就找我同学阿文？你认为他没有前任，没有恋爱过，完全一颗心给你？思雅，好的婚姻要给予彼此空间，而不是让对方无法呼吸，我没有做过任何对不起婚姻的事情，反而我想好好过日子，我昨天做了一桌饭菜，而我找不到你，你却背着我在办公室和阿文私会。"说罢，我又点燃了一支烟。

随着夜色的来临，我们已经快看不清彼此的脸，我没有开灯。

如果我们都这么坚持的话，过不下去，结局只能是离婚了，我们不欢而散。

当然，我还是希望她能慢慢想通。

她走后，发了一条微信，说去海南度假一周，我说好，我以为她和阿文去，后面她又补充，说一个人去。

我没回复她，管她是一个人还是两个人，我认为在这场婚姻里我没有背叛过她，而她却背叛了我。

我该找阿文吗？我希望他主动来找我负荆请罪，否则，等我找他那就很难看了。然而，两天过去，依然没有动静。

第三天，阿文给我发了条信息：

"肖铭，对不起，我和思雅到今天这样，并非我的本意，我们也没有做超出底线的事情。感情这事，说来很奇怪，但我真不想破坏你们的婚姻，我尊重思雅的决定，我现在没有脸来公司见你，这样吧，我撤资，我委托律师来办理。"

我眼睛瞪着这几行字，心里苦笑又无比愤怒。

"阿文，如果还有良心的话，出来，约个地方见一面。"我回复他。

"正是因为还有点良心，所以不敢见你。如果你一定要见，我只能做好被你打的准备，我不会报警。"

既然他这么说，见面又咋样？真的打他几拳？不痛不痒又何苦？打残？两败俱伤。我知道思雅的招数，我曾经也是这么稀里糊涂和她过了一夜，说得不好听，就是一个不达目的不罢手的女人，说得好听一点，喜欢的就勇敢地追求，这是她的性格。

可这个却是我的同学，我曾经的室友，我的篮球队队友，我的合伙人，这事轮到谁头上都难以接受，太可笑了，太讽刺了，可事情就是发生了。

阿文，一直以来没有具体负责公司经营，所以他走对公司并没有影响。撤资，目前公司资金周转也没问题，撤吧。

也许思雅喜欢的是阿文的潇洒，天天开着车子到处晃悠，他除了在我这边投资，还在五金行业做代理，直接发货给老家门店，有些店面转让出去后，那些老板都从他这里拿货。

真是一个生意人，成功的生意人，或许因此思雅对他起了崇拜之心。可她曾经对我不也是充满崇拜吗？为什么到最后变成这样了？也许等她真的跟阿文再婚才会明白，其实爱情的美好最后都会平淡，一切的浪漫都会化作柴米油盐。

可我要如何苦口婆心才能跟她讲通这个道理？

我心里的苦跟谁说？又有谁愿意听我说呢？我很迷茫。

第三十章

离婚

思雅离开的这几天里，我依然每天上班，下班，辅导儿子作业，吃饭睡觉，我以为思雅能想通的，可是，等来的却是：我们还是离婚吧。

一周后的周三，我们去了民政局。

我做梦都不曾想到，我们结婚不到四年就离婚了，话说七年之痒，我们才过了一半而已。

民政局门口。

思雅已经提前到了，她的车停在大门口的侧面，远远地，我一看车牌和颜色就知道那是她的车。那台大众开了这么多年，年初把它换了。这车，也是红色，炫目，这是她喜欢的颜色。

上周五，小倩来办公室找我商量采购事宜，聊完后，我漫不经心地顺口问她："公司员工最近都在议论什么？"

小倩扭过头看了看外面，跑去把门关了，神神秘秘地说："老大，你不问我，我还真不知道该怎么跟你说。"

"什么事？"我装作什么都不知道。

"你不知道嫂子（思雅）和李总（阿文）之间的事吗？"她惊讶地瞅着我。

我摆摆手，表示还不清楚，我想知道外面是怎么传的，或者说他们是否比我更清楚内幕。

"老大，你老婆都快被拐跑了，你还帮着数钱哪？"小倩看似比我还急。

我问她到底怎么个情况？

"两个月前，就是你回老家的那段时间，有人看到他们在咖啡厅，有说有笑，很暧昧。其实之前就有人议论他们俩关系不错，只是大家都觉得是合伙人关系，后来几次有人都看到思雅加班，李总去她办公室……"

原来不止我一个人看到在办公室，而且还不止一次。

可是，我却是最后一个知道，知道的时候，竟然是来公司取手机无意中才发现。

果然，真的爱一个人，他做什么都是对的，不爱的时候做什么都是错的。其实，孩子只是一个借口罢了，我们在机场吵架之前他们就已经暧昧不明。

女人是善变的。爱的时候，死去活来，不爱了，挥挥手。

"嗯，然后呢？"我想听听是否还有更多内容。

"所以，有人开始议论，后来嫂子在洗手间还逮到一个人说她坏话，那女孩是销售部的，说嫂子本来是小三上位，上月嫂子把她开了……"

小倩娓娓道来，看来她是八卦新闻中心，一切信息都在她这里汇总。

"小倩，公司需要一些正气，歪风邪气尽量不要让它蔓延。你跟我干了这么多年，我当采购经理的时候，你还是我助理，现在我是老板，你是我的采购经理，以后如果效益更好，也许还会有更多红利。所以，尽量引领大家朝正面去发展，这样公司才有朝气，让大家私下不要去谈论无中生有的事情了。"

我语重心长地说完这段话，认真看着她。她小鸡啄米般点点头，我叫她先去忙了。

然而，没人知道，几天后我们就办理离婚手续，从此分道扬镳了。

思雅看到我来了，打开车门准备下车。我今天没有开车来，不知道为什么，我就是不想开车了，我坐了一辆破公交，心里空荡荡的，车里竟然也空荡荡的。

原本，我并不想离婚，也没有想到有天会离婚，总觉得，过日子嘛，争吵肯定少不了，总有一方需要妥协。如果思雅实在不妥协，我和南南商量让他去住校，送到私立国际学校去，但凡事总需要一个过程吧。

可我不曾想到，她坚决要离婚的原因，是她的心已经出轨了。

我以为，这一生，终究是要跟不是自己所爱的却能同甘共苦的思雅在一起度过，然而，中途有人放了一枪，鸟便飞走了。

余生还很长，也祝她幸福吧。

我们一同进去，取了个号，今天不知道什么日子，静悄悄的，也许是因为夏天太燥热，大家都愿意在冬天结婚吧。我记得我们也是冬天结婚的，那时，思雅穿了一件红色风衣，系了一条湖蓝色丝巾，唯美，飘逸。

不一会儿便轮到我们。

"办什么业务？"窗口工作人员问我们。

"离婚。"我们异口同声，各自拿出证件。

"照片呢？需要双方的单人一寸照片。"我们相互望了望对方，看了看工作人员，说我们没有带，她叫我们赶紧去外面照相，照完相再回来。

于是，我们又急匆匆地跑到隔壁照相馆照相。那年冬天，也是这个老板给我们照的结婚照，今天离婚，竟然也是他照，遗憾的是现在照单人照了。

"咦，脸熟，好像在哪里见过。"老板笑呵呵地说，我心里苦笑，当然见过啊，几年前结婚在这里照过相。

照片打印出来了，我拿过来一看，竟是一个苦笑的表情，这一刻就此定格，成为永恒。

从照相馆出来，思雅突然问我："你爱过我吗？"

我一怔，想了一下说："不爱怎么会结婚？"

嘴上虽然强硬，但我其实是心虚的。对我而言，我早已把她当作生命中的一部分，只是我对她更多的是亲人的那种爱，毕竟一同吃过苦啊，尽管没有那种深入骨髓心跳加速的爱，但我知道，思雅要的是那种爱。

在我感慨万千的时候，思雅抱着我哭了。

昨天，我们在律师的见证下，双方达成协议离婚，公司的三分之一股份属于她，家庭财产，说白了就是房子，车子，双方各一半。

虽然她出轨了，但我总不能让她净身出户吧，公司发展到今天，她有一半功劳。

然而，阿文撤走了三分之一资产，思雅再撤走三分之一，公司差不多成为空壳了。资金周转异常困难，大量业务要缩减，除非我以房产抵押再去贷款，可房子我要分一半给她，房子我肯定要住，我妈我儿子在，不能卖。

我面无表情，眼里布满血丝，几夜没有睡好。我全按照思雅自己的想法和决定。我希望她能良心发现，不能这么做人，好歹也夫妻一场。

果然，也算我没看错人，最起码明人不做暗事，她至少没有偷偷转移资金，谅她也不敢。最后，关于撤资，她说可以分期给她资金，先维持公司运营，我点点头，算是很感激了。

此刻，在照相馆的门口，思雅却在我怀里哭得稀里哗啦，我不明就里，真以为她后悔离婚了。

"如果是反悔，现在还来得及，以后，也许再也没有机会了。"我笑着调侃她。

这婚一离，仿佛又回到解放前。我恨阿文，有时候真想约出来干一架，可是，想想，一个巴掌也拍不响，今天变成这样，也许，是我命里有这么一劫。

这么想着，我便释然了，一切听从老天的安排吧。

"叫律师再过来一趟，把协议改了，房子全部归你吧，我就把我这车开走。"她缓缓抬起头，拭去眼泪，神态又恢复了平静。

是我那句话起作用了吗？还是她的良心受到了谴责？我不清楚。

我们又回到了办事窗口，此刻，他们正赶着要下班，我们赶紧凑过去。

"好了，办完了，下次想通了，又想复婚，欢迎你们再过来。"那办事大姐在用力盖下那个钢印之时，我的心咯噔了一下。

她双手递给我们，每人一本。

"坐我的车吧，我送你。"走出门口，思雅侧着头叫我。

我抬头望了望天空，一阵眩晕。我说："不用了，我自己打车回去。"

我拦了一辆的士，头也没回，扬长而去，我在后视镜里看到她一直站在原地呆望着我远去的背影。

也许，她自己都不曾想到，追了我那么多年，终于修成正果，最后却离婚了。其实，我也没想到。

人生，有太多的不确定性，但很感谢，最辛苦的几年遇见了她，祝福她吧。

司机问："大哥，去哪儿？"

我说："凤凰山。"

"大哥，心情不好？刚刚在民政局，不会是离婚了吧？"这司机真是哪壶不开提哪壶。

我白了他一眼，没有说话。我想静静。

第三十一章

新的起航

凤凰山寺庙。

我双手合十跪在一尊佛像前，久久没有起来，我不知道这辈子到底是犯了多大的错误，要让我经历那么多坎坷。也许，只有虔诚地忏悔，才能救赎我今后的灵魂。

"施主要不要来抽个签？"突然一个声音从远处飘来，我吓了一跳，进来时没有人，不是逢年过节，到处冷冷清清，连个烧香拜佛的都看不见。

在这个燥热的夏天，外面成群结队的知了唱个没完，听得我心慌。

这是我第一次来寺庙。以前，从来不相信命，经历这么多，也许是命中注定，此生有这么一劫。我抬头一看，那老僧有一把年纪了。

好吧，抽一注看看。我双手合十，拜了拜，希望抽一注好签。

"君问婚姻不日成，冰人寄语报佳音，百年永结朱陈好，戴弄之璋喜气盈。"

"师傅，什么意思？"我一脸茫然，拿着签找他解签。

"要问的婚姻在不久的将来就可以成功，她可能是你意想不到的那个人，百年可以白头到老。"

那老僧笑容可掬，红光满面。

我此刻不是才离婚吗？怎么又说我不久又要成婚？这都驴唇不对马嘴了，果然，这签看看即可，哄哄小孩即可，迷信，不可当真了。

但不管如何，我还是拜谢了老僧。此刻已是太阳西斜，倦鸟也要归林了。

我拍拍屁股下山回家，在半山腰上遥望着陆续亮起的万家灯火，整个鹏城在璀璨的灯光下开始了它的夜生活。这是一座不夜城，也是一个成就年轻人梦想的摇篮，有失败的，有成功的，有还在路上的……

我，还在路上。

虽然，半路杀出个程咬金，让我猝不及防，但生活还要继续啊，公司也还要继续。

到家时，已是深夜十点，我妈给我留了饭，她不知道我今天把婚离了，我想，我该跟她说一下。

"妈，我和思雅感情不和，今天把离婚手续办了……"我声音小得可怜，自己都快听不见了。

"什么？儿子，是不是妈妈在这里，她不乐意？还是说，她对南南意见太大了，所以才离婚？"我妈一边擦着眼泪，一边坐到我跟前，握着我两个手问。

南南一听，赶紧从房间跑出来，呆立在门口看着我，抿着嘴巴，露出个小酒窝，像极了一楠。

"妈，不是这些问题，就是我们合不来了。"我大口大口吃着饭，我都已经忘记了中午竟然没有吃饭，民政局门口打了车就去庙里，在庙里待了一下午。

"爸爸，要不，我跟奶奶回老家乡下去住吧，反正我也还没适应这里的课程。"南南似乎已经看透这家里的一切，跟个大人似的，我突然喉咙就哽住了。

"儿子，赶紧复婚吧，你太冲动了，怎么不跟我商量呢。我们可以回去的，家里没个女人不行，不像个家。"我妈苦口婆心。

"南南，妈，你们不用担心，该干吗就干吗。南南，你最重要的就是把学习追赶上来，爸爸给你最好的条件。"我顿了顿，喝了点水，又对我妈说，"妈，你的任务和精力是把家里弄好，照顾好南南就行，其他的不用担心，你想要个儿媳妇，没问题，今天在庙里抽了个签，说不久的将来又要结婚了……"

我妈一听，瞬间两眼放光。

我想，这个签，关键时刻还是派上用场了，否则，我妈又该没完没了。也许，她会带上我的简历，加入公园老头老太太的相亲队伍，把我简历挂树上去了。莲花山公园，放眼一望，树上全是某某儿子、女儿，某企业高管、海归、单身、未婚，寻一良缘……好不热闹。

洗漱完毕已是深夜十一点，我躺在床上，看着挂在床头的婚纱照，那是我和思雅在结婚时匆忙去拍的，那时她怀孕一个多月，这笑容如此灿烂，也许，那时候是我们最开心的时光。

可那时，因为穷，而且在创业初期，没能给她一个完美的婚礼，连婚戒都没有，但她却一点也不在乎，可见，她那时是多么爱我。

如今，她走了，什么也没带走，正如她不声不响地搬来和我一起住，挥一挥衣袖，不带走一片云彩，像当初爱我一样，去爱另外一个人了。

我祝福她的同时，却又希望她有一天突然后悔，然后，抹着眼泪回来找我。

这一夜，我难以入眠，凌晨一点了，脑子里还在想着，我今天离婚了，我居然把婚离了，好像是今天去政府部门办理一件普通的手续一样。

我给游戏王打了一个电话，没有想到，"嘟"了一声就接了。

"肖铭，这么晚了，还没睡？"游戏王似乎精神不错，声音里没有一丝困倦的样子。

"你不也一样？也没睡吧！"我问他。

"睡啥啊，在医院呢，昨天我老婆生了，生了一个女儿，我这会儿正在陪床。"

"这么快，生了啊，恭喜恭喜，你这都二胎了，刚好凑了一个'好'字，不错。"我在电话里一个劲儿道喜。

曾经，整个宿舍，最不食人间烟火的他，也是最调皮捣蛋的他，却最早成了家，老老实实地过着自己的小日子。

那年，在他婚礼上，因伴娘喝酒闹出人命一事，他更加明白了，人应该低调一点。虽然后来好几年没有晋升，但他依然老老实实在单位待着，至少铁饭碗还在。

如今，官也升了一级，为响应国家号召，创造劳动力，快马加鞭，又增添一口人，这会儿人财两聚了，人生得意莫过于此。

而我，人财两空，最早交女朋友，最早冒出一个儿子。最后，女朋友走了，结婚后，老婆也走了。

我跟他说，我离婚了，我老婆跟阿文走了，他惊讶得差点儿呛了一大口水，我没猜错的话一定喷了一地。我们一直聊，聊了快一个小时，我终于熬不住，缓缓睡去了。

做梦时隐约听到婴儿的哭声，梦里又回到了九年前，那年南南在我怀里，哭得我一夜没有睡，应该是想妈妈了，可妈妈都走了，不见了，然后，我一直哄到天亮。天亮时分，我带着两罐奶粉，买了车票，把南南送走了……这一去，竟然也九年了。

次日一大早，我吃过早餐，和往常一样去了公司。

一到公司，看到办公室桌上放了一张结婚请帖，我心一惊，思雅这么快就结婚？

打开一看，是以前住隔壁的小凡，我的代理商。对了，之前去参加游戏王婚礼时在火车站还见过她男朋友一面，如今，终于也修成正果了。

这时，小倩进来，问了下供货商款项是否批复，等待付款。我说等一周吧，或者先把数量减一半。

资金半个月前阿文抽走了三分之一，离婚后，思雅也得抽走三分之一，虽然，她说分期给，但目前周转有些困难了，该减的减，相关业务必须要缩一缩，否则，扛不住。

小倩点点头，然后又问："老大，听说你昨天把婚离了？"

"你听谁说的？"我惊讶这新闻这么快就传播开了。

"不用管听谁说，是不是吗？"她这么好奇，要害死猫啊。

"少听八卦新闻，多做事。"我拿了支笔，敲了敲桌子，白了她一眼。

"老大，咱们这么熟了，如果离婚了，考不考虑我啊？"小倩鬼灵精怪，吐着舌头打趣我。

"你又想出什么幺蛾子？没看到我这么惨还来揭我伤疤？去去去。"我有些不耐烦了，我知道，她是看我心情不好，想逗逗我。

"这么烦我？可我就是偏偏有人要了，国庆我要结婚喽，要给我包个大红包啊。"小倩随手从文件夹里抽出一张请帖，毕恭毕敬递到我桌上。

那请帖如此精美，如同每个即将走进婚姻的女人那般闪耀。

"呵，终于有人收留了啊，恭喜，恭喜，一定给你包个大大的红包。"我露出了久违的微笑。

"那没什么事儿我先出去干活了。心情不好，出去走走嘛，公司也没什么大事儿，有事儿打你电话。"还是小倩观察细微，知道我真的心情不好。谁离婚了心情能好呢？

下午，召集各部门经理主管开了三个小时月度会议，会议看似没有什么变化，其实，大家心里都知道，这次参会，思雅和阿文都不在，虽然没有人问起，但似乎都心照不宣。

我在会议上宣布，销售业务这块儿，我暂时兼管一个月，这一个月内，要从销售部门乃至全公司，内部提拔销售经理，各位可以先自我推荐，做好竞聘准备和方案。

散会后，我要人事给我出一个内部竞聘公告。大家似乎都跃跃欲试，也非常清楚，这个岗位就是接替思雅的岗位。

我以车子做抵押，贷了二十万款，属于思雅的三分之一股份折算现金，在律师的见证下，次月以转账方式全部转给了她。

随即在工商部门做了企业股东变更手续。至此，礼品公司和名雅两个公司由我一人独资。

犹记得，刚创业时，为了选名字注册品牌，我们趴在桌子上写满了一张 A4 纸，凡是能想到的名字都写出来，最后决定用"名雅"，有我和思雅共同的名字。

我们都没有想到会有今天，为什么生活不可以朝着最初梦想的轨道继续前行呢？

人往往就是这样，当我们收获更多的时候，却忘记了当初是怎么出发的！我要抱着最初的梦想，重新起航。

第三十二章

旅行中的相遇

不出我所料。

我妈终于还是找人写了一份我的简历，挂到莲花山的树林里去了，像贩卖人口般给我打上了标签：男，身高180，年龄35，某企业老总，离异有一子，寻一有缘人——大专以上学历，温柔体贴，顾家，性格好。

我妈拍了张照片发给我看，然后用微信跟我视频，估计都是我儿子教的。

看着她忙前忙后我哭笑不得，这老太太千山万水，翻山越岭坐公交车跑过去，几张纸一挂，一边拍照告诉我，很多人围观，一边忙乎着招呼其他老头老太太。

我赶紧叫她撕下来，不要乱整，坏了我的名声。

她还不乐意，悄悄告诉我，说以前在老家不知道，来了深圳才发现，黄金单身男人很吃香，这回她得慢慢仔细给我挑。我气得咬牙切齿。

中午吃过饭，我开着车，一路飞奔，气喘吁吁，上了莲花山公园。我妈一眼看到我来了，赶紧拉着我胳膊给大家介绍："这就是我儿子，你们看，和照片是不是一样？"

"哎哟，小伙子，真不错，你妈有福气喽。"众人竖起拇指。

我勉强露出笑容说："叔叔阿姨好。"

我把简历一收，撕了个稀巴烂，扔进了垃圾桶，拉着我妈赶紧下山。

"哎呀呀，你这人，怎么回事啊？不声不响就过来了，我这不为你好吗。"我妈还不愿意走了。

"妈，您别给我添乱，行吗？我还得上班呢，你这么一贴，我跟你打赌，明天开始，天天有骚扰电话了，除了骚扰电话还有骗子……"我把这事情的严重性狠狠跟她说了一通。

"我看都挺好的啊，过来看的人都是老头老太太，他们也是为儿女相亲的。"我妈显得很无辜，不断地跟我辩驳。

刚刚上车，电话打进来了，一看来电，陌生座机号，我按免提接了。

"您好，您是肖先生吗？"

"是，哪里，请讲。"

"我们是有缘网平台，我们为您量身定制了十几个合适对象，如果有时间我们可以约个时间面谈吗？"

"……"

"喂，肖先生，您在听吗？"

我没回答把电话挂了。

我感叹这信息飞速传播的时代，一转眼的工夫，我的资料全部泄露了。接下来将面临轰炸式相亲电话，其中不乏诈骗，这事我见多了。

"小铭，你看，这不马上就人有找你了，还送上门呢！慢慢挑。"我妈还真以为有合适的呢，她太天真了。

"妈，我跟你说个真人真事，一个供应商朋友，真正的黄金单身汉，有钱，也是高学历，比我强太多了，也是偶然间，通过相亲网相亲，对方称是海归，人长得漂亮，高瘦，未婚，也有钱，开宝马，听着是不是很般配？"

"那是啊，怎么样？成了没？"我妈很好奇。

"后来怎么着？那女的就是一骗子，把人家钱全卷跑了，哪里是什么海归，高学历，都是假的，花钱买的造假货，连身份证都是造假，有专门打着相亲旗号勾搭高富帅的骗子集团……那个朋友，钱被骗走了才发现是诈骗。"我一边打着方向盘，一边看后视镜，看我妈什么反应。

"哎呀呀，世界太大了，我一老太太见识太少，那这么着，下次我不来了，不认识的电话不要接。"我妈听我一说，立刻毛骨悚然。

把我妈送回家后，我接着又去了公司，来来回回，时间过得真快，一晃都下午五点了。

打开电脑，拿起鼠标这一刻，小凡的结婚请柬映入我的眼帘，她下月初的婚礼，马上就快到了。

我立刻想到了一件事，我们礼品公司不是做婚礼策划吗，也许我可以送她一份礼物，小凡是我创业之初第一个买我手工皂的客户，或许，没有这第一个客人，我很可能没有勇气再坚持下去，也就没有我的今天，这感激之情突然油然而生。

我拨通了小凡的电话。

"喂，肖铭哥。"小凡在电话那头貌似刚下班。

"小凡啊，喜帖收到了，恭喜啊，前几天忙，没给你打电话。"

"谢谢哈，你的事情我听说了，看开点，没什么，这社会节奏太快了，相信以后会更好。"真是个邻家女孩，这么会安慰人。

"嗯，我问你个事儿呢，婚礼准备怎么办？有没有请婚礼策划？"我想先把正事说完。

"就准备请几桌熟悉的人，两边亲戚都在老家办了，这边主要是双方同事同学朋友，人不多，差不多八九桌吧，酒店吃个饭，没有大张旗鼓，请策划公司费用也高，不花那个钱了。"我不知道这个爱浪漫的女孩何时变得这么顾家了，还精打细算起来。

"小凡，我有个下属分公司是做礼品、婚礼策划，这样吧，我安排人给你做个策划方案，算是我送给你的一份礼物，真的，不要推脱，我打电话就是为这事儿来的，我们认识这么多年，创业之初你那么支持我。"我在电话里表现极为真诚，把自己都感动了。

"肖铭哥，我还不知道你又开了另外分公司呢，你这么说，我都不好意思了啊。"

"是的，小公司，人不多，十几个人。不要推脱，真的，没什么不好意思，我就为这事打电话的，真的，算我送的一份礼物，务必接纳。"我生怕人家误以为我是给她推销就麻烦了。

聊了一会儿，也许是盛情难却，小凡终于是接受了我的好意。其实，谁不希望自己一辈子的大事有一个浪漫的婚礼呢！几乎所有女孩都不会拒绝。

放下电话后，我给礼品公司李小梅打了电话，让她亲自跟进这件事情。

自从她提拔为礼品公司经理后，李小梅几乎是全力以赴。一个只有高中毕业的小姑娘，当时身份证被偷，身无分文的情况下，成了我公司的第一个员工，从营业员干到店长，又被提拔为经理，跟着我干了四年，想想也真是不容易。

我待她如同邻家小妹，她也并未辜负我的期望，灵气十足，送她去深造，一学就会，她把工作当作了她的事业去奋斗，从一个涉世未深的黄毛丫头，如今蜕变成了知性女孩，如同一只美丽的蝴蝶，翩翩起舞。

把事情交给她，我放心。

八月的最后一周，我准备在暑假结束之前带南南出去走走。长这么大，除了来我这里，南南还没出去见见外面的世界。

我想在接下来的几年里，每年带他去一所大学，然后在大学所在的城市去体验一下当地的风土人情，跟他讲了我的想法后，他觉得很好，也很期待。

那天早上，我早早地起来洗漱，我静静地看着镜子里几天未刮胡子的自己，惊奇地发现头顶上的头发也稀疏了不少，我拿起刮胡刀，认真刮起来，这刮胡刀还是几年前车祸住院时思雅买给我的，一直用着。

人走了，礼物还在。

收拾好东西，我和南南就出门了，我妈说她年纪大了，不能出远门。所以这次我只带了南南，目的地是北京，这是他第一次坐飞机，无比兴奋，我也感觉到从未有过的自豪和轻松。也许，只有做了父亲才能深深体会到那种快乐。

"爸爸，我记得很久很久以前，你说要给我讲个故事，可是一直都没有给我讲，今天能给我讲讲吗？反正无聊。"南南竟然还记得我曾经跟他说过要讲一个故事，那是四年前的事情了。

我惊叹孩子的记忆力。

好吧，答应了的事情一定要兑现承诺，不能跟孩子耍赖，我顿了顿，清了下嗓子，开始讲了。

"曾经有一个男孩，他家里很穷，世代面朝黄土背朝天，他父亲告诉他一定要考上大学，他点点头，很努力地读书，后来，他真的考上了。在大学的时候，突然有一天出去吃饭，深夜回学校，和同学们一起爬墙，结果鞋子从墙角的窗户掉到女生浴室里去了……"

我顿了顿，喝了口水，思绪回到十年前。

"然后呢？"南南推了推我的胳膊。

"这个男孩，以为这么晚浴室里没人，他就去里面捡鞋子，结果怎么着？她看见一个女生在洗澡……"

我突然想起了一楠，那是我见到她的第一面，其实，没见到面，只看见那曼妙的身姿在雾气朦胧中忽隐忽现的背影。

"哈哈，好精彩。后来呢？"南南拍手叫好，他还不知道这个女生是他妈妈。

"后来啊，这个男孩好惨的，被追打，跑出来后还被其他男生按住押送到学校保卫科去了。"我的思绪还飘忽在那个夜晚，仿佛在昨天。

"噢，好惨哦，学校把这男孩开除了吗？"哇，南南比学校更狠，竟然想到开除。

"没有啊，警告处分，然后他去找这个女孩，希望她能向学校说情帮男孩撤销处分，结果那女孩不理他，骂他流氓。"我又回想起那个丹桂飘香的夜晚，我给一楠下跪求情。

"是有点流氓啦，偷看女同学洗澡，哈哈。是不是后来这个女孩又反悔了，然后喜欢这个男孩了？"南南想象力真丰富，果然猜对了，也许长大又是一个多情种。

这时，机乘服务人员给我们送餐来了。

吃饭时间，南南又催着我再继续讲，那我就继续了："就如你所料，那个男孩，打篮球很厉害的，打篮球超帅的，那个女生就喜欢上他了，说他长得像灌篮高手流川枫，后来他们开始谈恋爱了。"

"哇，好美的故事啊。"

南南小小年纪，竟然也知道爱情的美好，我都怕把他教坏了，不想讲了。

我跟他说，我有点晕机，想睡觉了，他顿了顿，扁了嘴巴，把手一摊，说随我意。

两个多小时就到了，下了飞机，南南无比兴奋，说真的，我也是第一次来北京。

我拉个箱子，背着包拉着南南走出机场。机场的地板擦得光亮光亮的，男士皮鞋、女士高跟鞋匆忙地在上面一晃而过时，能倒映出人的影子。

这时，我的右前面，一个女人用流利的美式英语和一个老外聊得正欢，高跟鞋踩在上面嗒嗒作响，一袭白色上衣，黑色西装裙裹着那窈窕身躯，长长的卷发垂在双肩。

我一惊，怎么那么像一楠？我擦了眼睛，刚刚讲了个故事，以为精神恍惚了，当我快速往前走，侧脸往后看时，四目相对。

是一楠。

不早也不晚，我们相遇了。

时光定格在这一秒，连空中飘浮的空气都凝固了。

看着眼前的张一楠，恍如隔世。她定定地看着我，又看着我身边的大男孩，如今，南南长到140厘米的个子。

她的眼睛立刻涌出晶莹的泪光，如洪水决堤般往下滚，我们都没有说话，却喉咙哽咽。

"Any, Any, are you OK？"旁边的老外，碰了碰一楠的胳膊，这是一个高瘦的男人，分明不是中国人，戴着黑框眼镜，留了一脸络腮胡子，我想，也许是她的同事。

"Sorry，I am OK。"一楠用手擦拭了一下眼睛，妆容都弄花了。

我赶紧给她递了一张面巾纸，开口说了第一句话："你这是去哪里了？"

"我刚回国，在澳大利亚待了两年。"说完，她匆匆递给了我一张名片，便和身边的老外匆忙离开了，说有个紧急会议要开。

我攥着她的名片，如同十年前，在大学篮球场的看台上攥着她塞给我的面巾纸一般，可心境却不一样了，那年的我，心口如小鹿般乱窜，单纯美好，如今，内心却充满了疑虑和忐忑。

第三十三章

重逢

"爸爸，刚刚那个人是谁？"旁边的南南目睹方才的一幕，终于忍不住问我了。

此刻，我应该告诉他，刚才那个漂亮女人是他的亲生母亲吗？他听完是痛恨还是开心呢？他一直对自己的母亲充满了好奇。

"噢，碰到一个熟人，那个人曾经喜欢过爸爸。"我低头看了看他，笑着说，我想了想，还是先不说吧。

"这么多人喜欢你，你好有魅力啊。"这小子打趣我。

我搭着他的肩膀走出了机场，心里却在想着一楠，我把她的名片看了又看，然后小心翼翼地放进了裤兜，如今的裤兜已不再是当年满是汗水的球裤。

看着名片，便知道了一楠在一家跨国企业做翻译，她的英语在学校就过了专业八级，如今终于做了她喜欢的工作，也甚好。

可是，她此刻不应该是她老公的贤内助吗？一个拥有几家公司的老总，怎么舍得让自己的妻子在外面工作？而且还是出国工作呢？

我满脸的疑惑，恨不得此刻就想揭开谜底，可是，我明知道没有未来，还要去打扰她的生活吗？但她为什么要给我名片？还有，我结婚前，她为什么来深圳找我？

对了，她一定想看看南南，毕竟是亲骨肉啊。

我们在酒店安顿好，休息了几个小时，天色已晚，收拾了一番便带着南南去了北京的老胡同，逛了好几个小时，吃遍各种地道风味美食，末了，发现一个书吧。

书吧的名字叫：给未归的人一个家。

进去后，里面暗黄的灯光洒落在书架上，映衬在每一张"回家"人的脸上，这个小屋给了他们温暖，每个看书人的脸上时而露出笑容，时而皱紧眉头，仿佛每个年轻人的心灵都有了归宿。

这是一个不同寻常的书吧，有不同形状的椅子、沙发，可以安静地坐着看，也可以懒洋洋地躺着看，甚至可以坐在秋千上看，也可以像古时候秉烛"悬梁"看，把头发绑在悬梁上，以防瞌睡。

多么有创意，又多么让人惬意。

我要了一杯柠檬机，南南要了一杯奶茶，我们寻了一处角落，我斜靠在一个懒人沙发上，南南则坐到秋千上去了，我们一边看书，一边让逛累的脚得以休息。

我虽是一个过客，却深深地爱上了这种感觉，我突然想，我是否也能开一个这样的书吧，让城市的年轻人匆忙的脚步得以栖息，让疲惫的心灵得以放飞？

夜渐渐深了，我们打道回府，到酒店已经十点多，洗漱完毕，睡觉。

南南一会儿就睡熟了，今天他也有些累了。可我却睡不着，我还在想白天机场遇见一楠的情景。我摸出名片，上面只有邮箱和国外的电话号码，我该给她发个邮件吗？

我起身打开电脑，真的给她发邮件了，我睡不着，辗转难眠。邮件内容只写了我的电话和名字还有酒店房号。

我不知道这么做到底是出于什么动机，也许是想让她来看看我们的儿子，我看她今天有些激动，一定是很想念。又或许，我是出于私心，我还想再见她。

关了手机，关了灯，双手枕在头上，两眼望着黑乎乎的天花板，窗外传来呼啸而过的汽车声。

次日醒来，已经是早上九点，本来打算早点起来带南南去看升旗，结果时间错过了，刚起来在洗手间洗漱，有人按门铃，以为是服务员，我叫南南去开门。

打开门没有声音，我喊南南，问他是谁，我侧脸一看，张一楠站在洗手间门口，我吓一跳，我还没换衣服，她看我这尴尬的样子，抿着嘴差点笑出声来。

"你叫什么名字？"一楠摸着南南的头，问他。

"阿姨，我叫肖南。"南南有些不明所以，昨天在机场遇到的阿姨怎么今天就来酒店了。

一楠泪如雨下，抱着南南就哭。

我赶紧刷完牙，洗把脸出来了。

"里面坐，到里面来。"我拉着一楠到床边落地窗台的沙发上坐下，给了她一张纸巾。

"南南，来，我给你介绍一下，你以前不是一直问我你妈妈去哪里了吗？眼前这个阿姨，就是你的妈妈。"我定定地看着南南，我生怕他此刻不认。

南南不作声，低着头，两只手在抠着指甲。也许，突然喊一个昨天才见过面的陌生人叫妈妈，似乎没法叫出口。

我们的爱情故事有点长，昨天在飞机上都还没有讲完，今天又出现续集了，我该如何跟南南讲下去呢？他也许永远不会明白，她的妈妈为什么快十年了才相见，这些年缺失的母爱无法再弥补。

"为什么出国了？"还是我先讲话了。

南南看着我们聊些往事，他知道我们这对鸳鸯要说些大人的事情，他默默地出去了。

"结婚后第二年就离了，我爸因受贿问题被判了十五年，我妈也受牵连了。也许你大概也知道，我们是家族联姻，我爸妈出事后，我在家里也没什么地位了，前夫公司事情多，经常在外面应酬，好色之徒，寻花问柳，我一气之下，离了。然后来了北京，在一家外企做翻译，后派到国外工作了两年，昨天才回来……"

此刻，我心中为一楠的遭遇感到难过，但得知她又离婚了，我却莫名地开心。

难道我在庙里的求签灵验了？

我拉着她的手，她也没有松开，我好想抱抱她，可是，我不知道她愿意吗？

"一楠，我想说，我也离婚了，就在上个月。"我低着头，我不知道是激动还是惋惜，心情五味杂陈，也许，更多的是想告诉她，我们还有未来，不如我们一起生活吧，毕竟，我心里一直爱着她，从未改变。

"为什么？因为儿子？"她惊讶地问我。

"有一部分，但不全是。"我起身给她倒了一杯水，缓缓坐下。

"你不是说把南南送走了吗？"一楠也是满脑子的疑惑。

"是送走了，送去的那个远方亲戚，半年前夫妻双双出车祸死了，我又把南南接过来了。"

我们聊了许久，把这么多年的经历当故事一样讲给她听。

当再次相逢，彼此的心境却如此复杂，但又感觉我们的相遇迟到了好多年，历经岁月的变迁，我们还能再见，上天是眷顾我们的。

曾经，我总以为，人生最美的是相遇，如今，我却觉得，人生最难得的是重逢。久别重逢后，最开心的是莫过于我还好，你也安然无恙。

这天，刚好是周末，我们一起带着南南去了北京天安门广场，去了故宫，爬了长城，最后一天去了北大。

这是我人生中最美好的旅行，仿佛是一家三口出来游逛，有那么一刹那，我在想，这是不是在做梦。

一楠陪了我们周末两天时间，南南终于放下心中的芥蒂，喊了声妈妈，她开心地哭了，她结婚后没生孩子，南南是我们曾经想打掉的孩子，上了手术台，是一楠感觉到他在动，她又舍不得。

她婚礼那天，我却鬼使神差撞见了，那一别又是五年。从西安回来后，我整整瘦了 20 斤，脸颊深深地陷进去了，小倩当时还问我是不是得了什么病，要不要看医生，我哪里是病了，是为伊消得人憔悴了。

"一楠，我上个月才听说你后来到我公司找我了？"我站在长城半山腰上，看着身后的一楠说。

"哎，我当时刚离婚，我父母也被抓起来，很无助，不过这一切都过去了。"她擦了下额头的汗珠，仰着头喝了几口水。

望着风中飘起的发，我真想跑下来帮她将一将，我曾经朝思暮想的女人，如今又终于出现在我面前，做梦一般。

"那为什么没找到我，你就走了？"我问她。

"说真的，我当时也是抱着试试的心态来深圳，没想到，网上搜你的名字，竟然出现是某公司企业法人，我直接来你公司了，本来想给你一个惊喜，没想到遇到你未婚妻。"

我突然感慨，人生很多时候一个念想，一个转头将从此改变一个人的命运。

一周很快就过完，我要回深圳了，她来机场送我们。

"一楠，来深圳吧，我和南南等你。"我语重心长地望着她，眼里充满了期待。

"其实，那天机场你看到的那个人是我现在的男朋友，计划年底和他移民澳大利亚，等我爸妈出来后，我再回来接他们走，以后也许很少回来了。"她低着头跟我说。

"你不想儿子吗？你还爱我吗？一楠。"我的心碎了一地，明明是看到希望，却又面临失望，此刻心情感觉是乘着云朵在天空飘，突然一阵雨，然后跌落峡谷。

"肖铭，你是我的初恋，能不爱吗？只是很多时候好像没有回头路了。"她挥了挥手，眼泪噙满了泪水。

"一楠，我爱你，无论你做什么决定。"

我默默地走了，并没有回头，我不知道这样一别会不会是永远？我牵着南南的手消失在人流中。也许，有些人，虽然相爱，却不能走一生，有些人虽然走了一生，却并不相爱。

每个人都有自己的路，我尊重她的选择，世间大部分人都带着这样残缺的爱走完一生。

很长时间，胸口像横着一把刀，总是不间断地戳着我的心，隐隐作痛。

回来后，我开始筹划"给城市颠沛流离的你一个家"主题书吧，我想办一个这样的书吧。

我找人做策划，选书吧地址，自己熬夜做功课，哪怕不赚钱，我也想做这件事情。活着，就应该做些更有意义的事情，我也想让自己更加忙碌起来，为了忘却的记忆。

月初，南南开学了，小凡的婚礼也到了，李小梅果然做得不错，团队十几号人，全部上阵，把小凡的婚礼现场布置的唯美浪漫优雅。

婚礼现场，小凡也邀请了思雅，我并不惊讶。毕竟，思雅做销售团队时，小凡是我们的微商代理商，合作了这么多年，曾经还是邻居。

如今和思雅在小凡的婚礼上再见，却显得有些尴尬。更尴尬的是，我看到她穿了孕妇装，休闲平底鞋。

少则也两个月了吧，虽然看不出肚子，我心里有些气愤，却又疑惑：

这到底是谁的孩子?

我头痛剧烈,仔细往回想,不是我的,两个月前我们没有夫妻生活了,我不知道该开心还是不开心。

过去的,让一切随风飘散吧。

我远远地看着思雅拖着步子过来,手里喝得是白开水,眼里满是亏欠地对我说:"公司一切都好吧,今天李小梅做得不错。你知道吗?曾经的我其实非常想要一个这样的婚礼。"

"还有机会,让阿文给你办一个吧,我没机会了。"我调侃她,其实满脑子都是愤怒。

接着我又问:"怀孕了?"

"是的。"她说

"那恭喜你啊,几个月了?"我太想知道到底是谁的。

"两个月了,肖铭,是我对不起你,一时生气糊涂。查出来时,本想不要了,但医生说我再次流产将终身不孕了,这就是为什么我如此决绝地要和你离婚……"思雅一边说一边拭去眼角的泪水。

此刻,我能说什么?阿文不是说没有做出超出底线的事情吗?都是骗子。

我拍拍她的肩膀,安慰她说:"好好生活吧,也许阿文真的爱你,看在我的分上他也不敢辜负你。"

"你也好好生活吧,有机会再找一个爱你的,我太想把这个孩子生下来,不要怪我。"思雅说罢便离开了,说有点反胃恶心。

我们已经离婚了,说不上怪与不怪,只感叹,上帝眨了一下眼,和我们开了一个玩笑。

婚礼结束后,李小梅告诉我,接到好几个订单,意外惊喜。果然,不求回报地付出,终究能得到意想不到的收获。所以,很多时候,我们想做好事回报他人，不要问前程，尽管努力，前方定有惊喜。

年底的时候，经过几个月的努力，我梦想的书吧终于开张了。虽然不大，只有60平方米，设了台吧，有果汁和奶茶，所有的装修设计，和在北京看到的差不多。开业第一天迎来很多客人，大多数是刚找工作的大学毕业生，也有附近公司的单身职员。

我的人生理想，在我35岁这年实现了。

我和一楠偶尔会聊微信，上次北京旅行就加上了。她告诉我明天就飞澳大利亚，我说好，祝她一路顺风，我回信息给她的时候，正好收到十佳青年创业企业评选结果。不到一会儿，有电视台邀请我后天去做客嘉宾，谈谈对年轻人创业的想法和建议。

我欣然答应了，如果我的经历和经验能给年轻人更多启发和帮助，我将深感荣幸。

那天，我早早地起床，洗漱完毕后，吃过早餐送南南到学校，然后开车去了电视台直播间，公司员工前一天得知我要上电视，个个都发信息给我，一路上消息不停。

一个曾经被骗入传销的大学生，是如何一步步登上优秀企业家行列的？

我在摄像机镜头下回忆了过往十年的艰苦历程，后台不停有人打电话，想在线对话。

"肖先生，听说您招聘人才时注重的是能力，其次才是学历，能说说您的用人标准吗？"主持人问我。

"在我创业初期，招聘到第一个员工，她没有身份证，当时是弄丢了；又没有钱，吃饭都成问题；学历也不高，高中毕业，我收留了她，成了我公司的第一个员工。到今天，一直跟随公司成长，成了我礼品公司半个掌舵人，所以，我认为，英雄不问出处，只要你肯努力，愿意将每一份工作当作自己的事业去奋斗，将会得到意想不到的收获。"

"肖先生，能用一两句话来概括您能有今天的成就，坚持的是什么？"主持继续问我。

"如果用一句话来说，因为我始终相信，奋斗的人生终将会闪耀。"

访谈结束，我走出直播间，忽然听到后台新闻频道工作人员说飞往澳大利亚航班降落时飞机滑出跑道着火，人员伤亡情况目前不明。

我一听，慌了，立刻开机拨打了一楠的电话。手机关机，不会是出事了吧。我立刻拨打了机场客服电话，详细咨询，最后确认出事的正是张一楠乘坐的航班。

我的头顶又像是被铁锤砸了一样，疼痛剧烈，我不停地反复电话咨询伤亡人员名单，并不停地嘱托一旦有张一楠的名字请打电话给我，客服问我是不是她的家属，我说是我儿子的母亲，对方默默地记下了。

直到凌晨一点，我的手机在寂静的夜里突然想起，我惊了一下，立刻拿手机："您好，请问哪里？"

"请问是肖铭先生吗？我这里是航班797号澳大利亚航班事故后勤客户服务中心，您是张一楠家属吗？"

"是……是的，请问张一楠什么情况？"我一骨碌从床上坐起来。

"目前正在医院抢救，暂时脱离生命危险，她的随行人员Jack已经死亡，后天航空公司将会组织家属一同前往看望，需要过去的话我们将短信通知您具体时间和班次。"

挂了电话，我又悲又喜，悲的是一楠这几年经历了太多的不幸，从认识我之后就不停遭遇磨难，从生孩子，患抑郁症，听从父母的婚姻安排，到父母受贿被判刑，到离婚，到重新生活，以为离开这里一切会好起来，没想到又遇到空难。

喜的是，一楠从鬼门关拉了回来，也许是上帝不愿意让她这么年轻离开，知道她还有很多未完成的心愿。

第三天，我跟从航空公司安排以家属名义飞往了澳大利亚，这是我第一次出国。

见到一楠的时候，她的头上缠满了纱布，腿上也夹了板子，动不了，她看到我来了，抱着我哭了很久。

这个久违的拥抱，来得太迟了，我竟然等待了十年。

十年前，一楠消失在那个清明时节淅淅沥沥的雨季，历经杨柳飘絮的春天，炎热酷暑的夏天，又等待在枫叶瑟瑟的秋天，直到漫天飞雪，年华逐步逝去。我们在一次次相遇错过后才不禁感慨：若不经历千回百转，我们不会懂得，中途那么多的枝枝蔓蔓，都是时光交给我们的考验。

有人说：地球之所以是圆的，那是因为，上帝想让那些相爱的人走失或迷路后能够重新相逢！

一年后。

一楠在我们楼顶的私人花园里，斜躺在轮椅上，腿上盖了一条薄薄的毯子，迎着冬日里的暖阳缓缓地睡着了……无数个这样漫长又惬意的午后，她总觉得这是一场梦，人也变得飘忽起来。

我给她煮了一杯咖啡，这一年，我带她看了最好的骨科大夫，接下来的几个月将要离开轮椅，学着站起来走路了，也许这将是人生最艰难的考验。

"肖铭，谢谢你！亲爱的，没有你，也许我的人生将会暗无天日，感谢上苍给我关闭一扇门的同时，又给我打开了一扇窗！"

许久，一楠醒来，依偎在我的怀里，仰着头含情脉脉地看着我，我忽然想起大学时在那个有星星的夜晚，我们在草地上第一次拥吻，久久不愿离开。

（完）